KB014149

이왕이면 행복해야지

이왕이면
행복해야지

도
대
체

글·그림

차례

우리 집 길고양이

프롤로그

오늘부터 1일

\\\

첫 만남

2011년에 저는 경사가 심한 골목에 살고 있었습니다. 주방과 이어진 다용도실 창문을 열면 이웃집 축대가 보였죠. 이웃과 눈이 마주칠 염려가 없으니 그쪽 창문은 편하게 열어두고 지냈습니다. 사골국이나 고깃국처럼 오래 끓여야 하는 음식을 만들 때도 창문을 활짝 열어두면 환기가 되니 편했죠. 그날도 저희 집에선 커다란 솥 가득 고깃국을 펄펄 끓이는 참이었습니다. 그런데 창문으로 누군가의 시선이 느껴졌습니다. 깜짝 놀라 쳐다보니 고양이 한 마리가 축대 턱에 앉아 집 안을 들여다보는 게 아니겠어요? 흰 바탕에 까만 무늬가 있는 고양이였는데, 저와 눈이 마주치니 화들짝 놀라 달아나더군요. 그러나 이내 다시 슬금슬금 다가와 이쪽을 살피기 시작했습니다.

'고깃국 냄새를 맡고 왔구나!'

세상에, 배가 얼마나 고프면 저렇게 눈치를 보며 기웃거리는 걸까요? 고양이에게는 몹시 괴로운 일일 것입니다. 측은한 마음에 고기를 좀 떼어서 주었더니 잘 받아먹더군요.

그것이 시작이었습니다. 이후로도 그 고양이는 종종 다용도실 쪽의 축대 위를 어슬렁거렸고, 저 역시 고양이가 언제 올까 궁금해서 그쪽을 어슬렁거리곤 했습니다. 저와 함께 살고 있는 개 태수는 그때나 지금이나 입이 매우 짧은 개인데, 그래서 먹다 남기는 각종 고기가 매일 생겨서 그것을 나눠줄 수 있었습니다.

그런데 어느 날부터 고양이가 보이지 않았습니다. 한참이나 소식이 없던 그 고양이가 다시 나타난 날, 반가운 마음에 고기를 꺼내주었으나 이상한 일이 일어났습니다. 고기를 주면 그 자리에서 맛있게 받아먹던 놈이, 한 조각을 물고 어디론가 사라졌다가 다시 와서 또 한 조각을 물고 가고, 또다시 와서 물고 가길 반복하는 게 아닌가요? 살펴보니 젖이 불어 있는 듯했고, 아무래도 그사이에 출산을 한 모양이었습니다. 새끼들에게 고기를 물고 가는 거였죠. 출산 때문에 가뜩이나 힘들 텐데 너무 고생한다 싶어서 안쓰럽더군요. 새끼들이 있는 곳을 알아내면 제가 그 자리에 바로 밥을 줄 수 있지 않을까 싶어 어미의 뒤를 따라가 보았습니다. 그러나 집들의 담장과 축대를 넘나들며 사람이 갈 수 없는 길로 사라지는 통에 그 이상 따라가는 것은 불가능했습니다. 그래서 그냥 새끼들에게 줄 도시락을 들려 보내는 심정으로 매일 고기만 제공했답니다.

그렇게 한동안 매일 도시락(!)을 들려 보내던 어느 날, 어미가 도시락을 물고 총총 걸어가는 뒷모습을 보고 있었죠. 그런데 그날은 어미가 몇 걸음 떼기도 전에 골목 저쪽에서 새끼 고양이 네 마리가 달려 나왔습니다. 매일 은신처에 숨어서 어미를 기다리다가 이제 조금 컸다고 어미를 기다리지 않고 자기들 발로 마중 나온 현장이었습니다. 정말이지 얼마나 귀여웠는지 모릅니다. 그날 이후로 새끼 고양이들은 도시락을 제공받지 않고, 어미와 함께 밥을 얻어먹으러 저에게 직접 찾아오기 시작했습니다. 그리고 저는 고양이 사료를 따로 구입하기 시작했답니다.

너의 이름은

어미의 새끼 고양이는 총 네 마리였습니다. 회색 고양이 두 마리, 삼색 고양이 한 마리, 까만 고양이 한 마리였답니다. 성격이 각자 다 다르더군요. 회색 고양이 중 한 마리는 대장 역할을 하는 놈이었습니다. 가장 용감해서, 밥그릇에 사료를 담아 주면 제일 먼저 다가와 먹기 시작했죠. 또 다른 회색 고양이는 그다음으로 용감한 놈이었고, 그다음이 삼색이, 그다음이 까만 고양이였답니다. 세상 귀여운 녀석들이었으나 얼마 지나지 않아 삼색과 회색 고양이 하나가 사라졌습니다. 둘 다 아픈 기색도 없었는데 갑자기 자취를 감추었어요.

남은 것은 회색과 까만 고양이 한 마리씩이었습니다. 저와 식구들은 그들을 '회색'과 '까만 놈'이라 불렀답니다. 어미는 그냥 '어미'라고 부르고요. 그때만 해도 저는 길고양이들에게 이름까지는 붙이지 않으리라 마음먹은 상태였습니다. 제대로 된 이름을 붙여 부르면서 정이 들었다가, 사라진 새끼 고양이 두 마리처럼 어느 날 갑자기 못 보게 되면 마음이 너무 아플 것 같았기 때문입니다. 그래서 굳이 이름을 붙이지 않은 것인데, 이후에 아는 고양이가 점점 늘어나면서 그런 식으로 '얼룩얼룩한 놈', '꼬리 잘린 놈', '맨날 보는 놈'이라 부르면서 깨달았습니다. 그것 자체가 이름이 된 셈이었다는 것을요.

회색은 척 보기에도 똘망똘망한 녀석이었습니다. 집 앞에 와서 화분들 틈에 숨어 조용히 기다리다가, 밥을 주면 조용히 먹고 재빨리 자리를 떴습니다. 까만 놈은 겁이 무척 많아 매일같이 밥을 주는데도 저를 몹시 경계했습니다. 제가 서 있는 한 절대로 가까이 다가오지 않았고 제가 자리를 떠야 슬금슬금 와서 밥을 먹었죠.

어느 날은 제가 사료가 든 그릇을 두고 자리를 비키기도 전에 회색이 달려들어 먹으려 하자 어미가 회색의 이마를 앞발로 한 대 탁 치는 모습을 보기도 했습니다. 그렇게 바로 달려들지 말라고, 사람에게 적당히 거리를 두어야 한다는 듯 말이죠. '교육을 잘 시키고 있군……' 생각하며 제가 물러서자 새끼들이 다시 그릇에 달려들었답니다.

호시탐탐 밥 자리

어미의 새끼들은 무럭무럭 자라고 있었습니다. 회색은 여전히 똘망똘망하고, 까만 놈은 여전히 겁이 많았죠. 하루는 둘에게 밥을 주고 집에 들어왔는데, 한 시간쯤 지나 다시 나가보니 여전히 자리를 뜨지 않고 있더군요. 밥그릇은 비어 있는데, '설마 밥을 못 먹었나?' 해서 다시 주니 마치 오늘 처음 밥을 먹는 것처럼 먹기 시작하더군요. 희한한 일이었습니다.

다음 날, 이유를 알 수 있었습니다. 골목에 다 큰 다른 어른 고양이가 어슬렁거리고 있던 것입니다. 그 전날에도 그 녀석이 사료를 먼저 해치운 모양이었습니다. 우연히 발견한 밥 자리를 포기할 수 없었는지, 녀석은 그 후로도 계속 나타났습니다. 결국 밥그릇을 하나 더 마련해 두 팀에게 따로따로 줄 수밖에 없었습니다. 갑자기 나타난 그 녀석은 흰 바탕에 까만 얼룩무늬가 있는 것이 어미와 비슷했지만, 덩치가 훨씬 큰 것으로 보아 수컷인 듯했죠. 국가에서 시행하는 고양이 중성화 수술

사업Trap-Neuter-Return을 받았다는 표식으로 한쪽 귀 끝이 잘려 있었습니다. 저희 식구들은 처음엔 그 녀석을 '어미 닮은 놈'이라 부르다가 이내 '젖소 무늬'로, 나중엔 그냥 '젖소'로 불렀습니다. 덩치만 크지 겁은 많아서 사람 옆으로는 절대 오지 않고 자동차 밑에 숨어서 기다리곤 했죠. 하지만 식탐만은 어마어마해서 사료를 엄청나게 많이 먹었습니다. 그래도 온순한 녀석이라 새끼 고양이들을 해치지는 않고 밥만 얼른 먹고 후딱 자리를 뜨곤 했답니다.

그러나 그렇게 다른 어른 고양이들이 밥 자리의 존재를 눈치채는 것이 집 앞 새끼 고양이들에게 위협적인 일이 되는 것이라는 사실을 그때는 미처 깨닫지 못하고 있었습니다.

여기서 뭐 하시는 거예요?

집 앞에 밥을 먹으러 오는 어미와 회색과 까만 놈, 그리고 어디선가 나타난 덩치 좋고 순한 젖소. 이렇게 네 마리가 평화롭게 공존하는 날들이 계속되던 어느 날, 골목에 다른 고양이들이 나타났습니다. 되도록 조심스레 밥을 준다고 생각하고 있었는데, 용케도 냄새를 맡은 모양이었습니다. 행여 새끼 고양이들이 밀려날까 봐 더욱 조심했지만, 기어이 사달이 나고 말았습니다.

　그날 저는 집 앞 골목에 쪼그리고 앉아 회색이 앞을 왔다 갔다 하는 모습을 보며 즐거워하고 있었습니다. 처음으로 회색이 가까이 다가와 앞발로 저를 툭 치는 장난을 건 날이었죠.

　'장난을 걸다니! 고양이가 나에게 장난을 걸다니!' 가슴이 벅차올라 함박웃음이 나오려던 그 순간, 근처 자동차 밑에서 어른 고양이 하나가 사나운 소리를 지르며 달려 나와 회색에게 달려들었습니다. 순식간에 벌어진 일이었습니다. 아마도 평소에 회색이 밥 먹는 것을 못마땅해하며 지켜보고 있다가, 저와 노는 것을 보고 달려든 모양이었습니다. 녀석과 회색은 눈 깜짝할 순간에 인근 학교의 담장을 넘어 사라졌습니다. 담장 너머로 크게 울부짖는 소리, 어딘가에 부딪히는 쿵쿵 소리가 들렸습니다. '회색이 잘못된 건 아닐까?' 놀라고 불안한 마음으로 학교 정문 쪽으로 달려가 교정에 들어섰습니다. 회색과 어른 고양이가 사라진 담장 쪽으로 달려가 주변을 살피는데 눈물이 마구 나더라고요. 웬 낯선 여자가 울면서 학교 안을 돌아다니고 있으니 선생님 한 분이 슬쩍 다가오셨습니다.

"여기서 뭐 하시는 거예요?"
"저, 제가 밥을 주는 고양이가 있는데 아직 새끼거든요. 그런데 다른 고양이가 공격을 해서 이쪽으로 온 것 같아서…… 혹시 이만한 회색 고양이 못 보셨나요?"
"고양이를 찾으러 오신 거예요? 아이고……."

울면서 고양이를 찾고 있으니 선생님은 다른 말씀은 못 하시고 '아이고'만 반복하시더라고요. 결국 더 이상 찾는 것을 포기하고 집에 돌아와야 했습니다. 다음 날 저희 어머니가 학교 담장 안쪽에서 담벼락을 어떻게든 올라와보려고 애쓰는 회색을 보셨다고 합니다. 그리고 다행히 용케도, 회색은 담장을 넘어 무사히 돌아왔습니다.

　고양이들의 질투가 얼마나 무서운지 알게 된 그날 이후로 저는 밥 주는 일을 더욱 조심하게 되었습니다. 비상 작전을 펼치듯 신속하게 후다닥 진행했죠. '집 앞에 나가면 먼저 큰 고양이가 있는지 살핀다―만약 있다면 훠이, 쫓는다―회색과 까만 놈이 눈치를 보며 다가와 밥을 먹는다―새끼들이 밥을 먹는 동안 그 옆을 지킨다―밥을 다 먹은 새끼들이 후다닥 사라진다―'의 과정이 이어졌습니다. 싸우지 말고 그냥 사이좋게 사료를 나눠 먹으면 좋으련만, '새끼들이 있다고 너희가 먹을 밥을 빼앗기는 게 아니'라는 사실을 납득시킬 수 없으니 안타까운 일이었죠.

　그사이에 회색과 까만 놈도 제법 자라 청소년 티가 나기 시작했습니다. 발랄하기만 하던 회색은 저 학교 담장 사건 이후로 경계심이 부쩍 늘어 몰래 숨어 다니는 날이 많았고, 저에게 장난을 걸다가 당한 기억 때문인지 다시는 그런 장난을 치지 않았습니다. 오히려 늘 겁이 많아 보이던 까만 놈이 몸집이 커지면서 날로 용감해져서, 다른 고양이가 위협하면 지지 않고 맞서기도 하더군요.

\\\

그때만 해도 이 골목에 더욱 무시무시한 고양이가 나타날 줄은 꿈에도 모르고 있었습니다.

울긴 왜 울어

'꼬리 잘린 놈'은 이름 그대로, 어떤 이유에선지 꼬리가 뭉툭하게 잘린 회색 고양이였습니다. 덩치가 썩 크지 않은 놈이었지만 그 기세는 어마어마했습니다. 지금까지 보아온 많은 고양이들 중에서도 가장 난폭한 녀석이었죠. 덩치가 큰 젖소도 녀석에게는 상대가 되지 않았으니 회색과 까만 놈은 말할 것도 없었습니다. 눈앞에 다른 고양이가 보이면 무조건 달려드는 녀석 때문에 골목엔 비상이 걸렸습니다. 새끼들을 위협하던 다른 어른 고양이들도 꼬리 잘린 놈에게 하나둘 당했습니다.

하루는 싸우는 소리가 들려 밖으로 나가보니 꼬리 잘린 놈이 다른 고양이 하나와 바닥을 뒹굴고 있었는데요, 고양이들끼리 싸우는 모습을 보신 분이 계신가요? 도저히 어떻게 말릴 수가 없습니다. 두 고양이가 뒤엉켜서 커다란 공처럼 굴러다니고, 그 주위로는 고양이 털이 닭 털 날리듯 날아다닙니다. 나중에 그 자리에 가보면 뭉텅이로 빠진 털들이 몇 주먹씩 굴러다니고요.

심지어 녀석은 활동 영역조차 넓었습니다. 저희 집과는 좀 떨어진 성벽 주위에서 그 녀석이 다른 고양이들에게 달려드는 모습도 여러 번 볼 수 있었습니다. 갑자기 나타난 난폭한 녀석 때문에 여기저기 아수라장이 된 것입니다. 저는 행여나 녀석이 집 앞 새끼들을 괴롭히면 언제든 달려 나갈 수 있게, 장우산 하나를 현관 옆에 비치해두고 대기하고 있었습니다.

그날은 제가 집에 있었는데 밖에서 큰 소리가 들렸습니다. 꼬리 잘린 놈이 나타난 모양이었습니다. 미리 준비해둔 장우산을 들고 후다닥 달려 나갔으나 아무도 보이지 않았습니다. 그 순간 앞집 주차장에 주차된 자동차 밑에서 무서운 울음소리가 들렸습니다. 허리를 굽혀 들여다보니 꼬리 잘린 놈이 까만 놈을 꽉 물고 있었습니다.

"안 돼! 그만해!"

낼 수 있는 한 최대한 목청을 돋워 소리를 빽 질렀지만 씨알도 먹히지 않았습니다. 장우산을 차 밑에 넣어 휘두르자 그제야 꼬리 잘린 놈이 재빠르게 달아났고, 까만 놈도 기어 나와서 어디론가 도망쳤습니다.

'큰일날 뻔했다!'

혼비백산한 순간이었죠. 나중에 나타난 까만 놈의 왼쪽 눈은 크게 부어 있었습니다. 차 밑에서 눈두덩이를 물린 모양이었습니다. 그때 제가 마침 집에 있지 않았다면 어떻게 되었을지 생각하니 소름이 돋더라고요. 까만 놈의 다친 눈두덩이는 낫는 데 시간이 한참 걸렸습니다.

나중에 또 이야기하게 될 듯하지만, 당시의 저는 정서적으로든 금전적으로든 썩 안정된 상황이 아니었습니다. 20대 내내 쉬지 않고 이어온 직장 생활을 마감하고 프리랜서로 살기 시작한 지 몇 년째였지만 뾰족한 수가 나지 않던 때였죠. 불투명한 미래에 대해 혼자 고민하다 보니 울적한 기분이 드는 날들도 많았는데, 어느 날 좀 속상한 생각이 들어 한참 울고 말았습니다. 그러다 다용도실 창문을 열었는데 까만 놈이 축대에 앉아 이쪽을 바라보고 있었습니다. 아직도 밤탱이처럼 부은 눈을 하고요. 막 울고 난 참이라 저의 눈도 퉁퉁 부어 있었기에, 눈이 부은 둘이 마주 보는 꼴이 되고 말았습니다. 어쩐지 까만 놈이 저에게 말을 거는 듯한 느낌이 들었습니다.

\\\

'인간, 눈이 부었네. 너도 꼬리 잘린 놈에게 물렸냐?'

'아니, 난 울어서 부은 거다.'

'왜 우나?'

'속상해서.'

'뭐가 속상한가?'

'말하면 고양이가 아냐? 인간은 살기 힘들다.'

'꼴사납네. 밥이나 달라.'

저는 조용히 밖으로 나가 까만 놈에게 밥을 주었습니다.

한동안 동네를 공포로 몰아넣었던 꼬리 잘린 놈은 얼마 후 갑자기 종적을 감추었습니다. 무슨 연유로 갑자기 사라졌는지 알 수 없습니다. 다만 그 후로 제가 관찰한 바에 따르면, 유난히 난폭한 고양이들은 그렇지 않은 고양이들에 비해 빨리 자취를 감추곤 했습니다. 싸움을 자주 하게 되니 오히려 다치는 확률이 높기 때문에 그런 것은 아닐까 하는 추측을 해볼 뿐입니다.

맨날 보는 놈

집 앞 고양이들에게 밥을 주기 시작한 이후로 동네에 있는 다른 고양이들이 눈에 들어오기 시작했습니다. 그건 정말 신기한 경험이었습니다. 아마 그전에도 저희 동네엔 많은 고양이들이 살고 있었을 것입니다. 그런데 전에는 잘 보이지 않던 고양이들이 어느 날 갑자기 여기저기 나타나기 시작했으니 저로서는 너무나 신기한 일이었습니다. 마치 어느 순간 '고양이를 볼 수 있는 눈'이 생긴 것처럼 말입니다.

그리고 동네 고양이들이 눈에 들어온 김에 사료를 챙겨 들고 다니기 시작한 참이었죠. 저희 개 태수와 함께 동네 산책을 하다 만나는 고양이들에게 조금씩 나눠주고 있었습니다.

맨날 보는 놈도 그러던 중에 만난 고양이였습니다. 앞서 이야기했듯 저는 그 당시에 고양이에게 이름을 굳이 따로 붙이지 않았답니다. '맨날 보는 놈'이란 이름은 역시나 거의 매일 보는 고양이여서 그렇게 부른 것인데, 발랄한 성격의 고등어 무늬 고양이였습니다.

　제가 살던 동네 한쪽에는 조선 시대에 지어진 커다란 성벽
이 있었습니다. 성벽을 따라 쭉 올라가면 동네 뒷산이, 아래로
내려가면 자동차가 다니는 큰길이 나왔죠. 맨날 보는 놈은 그
길 중간쯤에 사는 고양이였습니다. 사교성이 얼마나 좋은지
제가 저희 개 태수와 나타나면 저 멀리서도 겅중겅중 뛰어와
알은체를 하곤 했습니다. 조금 더 친해지자 다리에 쓱 몸을 비
비고 지나가기도 했고, 제 앞에 발라당 누워 애교를 부리기도
했죠. 이전까지 고양이의 애교에 대해 아는 바가 거의 없었던
저는 그 모습에 그만 기절하고 말았습니다.

　당시만 해도 저희 어머니는 제가 동네의 다른 고양이들에
게까지 밥을 주는 것을 썩 반기지 않으셨는데요. 매일 마주치
는 고양이가 있는데 얼마나 귀여운지 모른다고 아무리 말해도
시큰둥해하셨죠. 그러던 어느 날 밖에서 어머니와 만나 함께
귀가하던 길에 저는 일부러 문제의 그 길로 끌고 가서 어머니
에게 맨날 보는 놈을 보여드렸습니다.

　저의 계략(?)은 성공했습니다. 그날로 어머니는 일부러 그
길을 짚고 다니면서 녀석을 챙기기 시작하셨어요. 제가 볼일

이 생겨 늦도록 사료를 주지 못하는 날은 어머니가 대신 사료를 주기도 하셨고요. 그 무렵 어머니와 저의 통화 내용은 '오늘은 누가 맨날 보는 놈한테 밥을 주는가'로 채워졌던 것 같아요. 녀석을 보고 온 사람이 다른 사람에게 오늘은 걔가 이랬다, 오늘은 걔가 저랬다, 하며 안부를 전하기도 했습니다. 어느새 매일 밤 "오늘, 맨날 보는 놈은 어땠나?" 하는 식으로 녀석의 안부를 주고받는 게 우리 모녀의 필수 일과처럼 되었답니다.

명절이면 골목에 음식 냄새가 가득합니다.

이런 오해라면

성벽을 따라 이어진 산책로를 가다 보면 뽕나무가 여러 그루 있는 장소가 있었습니다. 그곳에서도 고양이들을 발견한 저는 마주칠 때마다 사료를 꺼내주곤 했습니다. 그중 한 마리는 흰 바탕에 진회색 무늬가 점점이 있는 큰 수컷 고양이였습니다. 덩치도 크고 늘 당당히 활보하는 모습을 보니 '이놈이 이곳 대장이구나' 싶어서 '대장'이라 부르기 시작했답니다.

대장은 제가 사료를 준다는 것을 알면서도 저에게 호의적이지 않았습니다. 제가 나타나면 산책로에 깔린 나무 데크 아래로 일단 몸을 숨겼는데, 그러면 저는 그 아래로 손을 넣어 녀석의 앞에 사료를 놓아주곤 했죠. 그럴 때면 녀석은 난생처음 들어보는 희한한 소리를 내곤 했습니다. 글자로는 그대로 옮겨 적기가 영 힘들지만 굳이 적어보자면 '오올! 올올올올!' 하는 식의 소리였죠. 대체 뭐라고 하는 건지 알 수는 없었지만, 인터넷 어디선가 본 '골골송'이란 것이 떠올랐습니다. 고양이들이 기분 좋을 때 '골골' 소리를 낸다는 이야기를 본 적이 있거든요. 저는 그게 글자로만 보아온 골골송이라 마음대로 믿어버렸습니다.

'이런 게 골골송이구나! 내가 사료를 주니까 기분이 좋아서 이런 소리를 내는 거로구나. 내가 가까이에 오면 싫은 척 데크 아래로 숨지만 아주 싫은 건 아닌가 보다.'

기특하고 기쁜 마음에 저는 더 열심히 대장을 챙기기 시작했습니다. 그리고 대장 역시 매일 같은 소리를 내며 화답했습니다.

그 소리가 고양이가 기분 좋아서 내는 골골송과는 거리가 멀고, 오히려 몹시 화가 났을 때 상대방을 위협하는 소리 중 하나였다는 것을 시간이 한참 지난 후에야 알게 되었습니다. 그러니까 대장은 '먹을 것만 내놓고 얼른 썩 꺼져!'라고 욕을 했던 것인데, 저는 그것도 모르고 기뻐하고 있던 것입니다. 엄청난 오해를 한 셈이죠. 그러나 그 오해 덕분에 우리는 좋은 사이가 될 수 있었습니다. 당장 꺼지라는 협박(!)에도 굴하지 않고 꿋꿋하게 계속 사료를 주자, 언젠가부터 대장은 데크 아래 숨지 않고 길 위에서 저를 맞이하기 시작했던 것이죠. 그리고 어느 날 저의 옆에 다가와 다리에 쓱 몸을 비비고 가더니, 급기야 산책하는 저와 태수를 따라 앞서거니 뒤서거니 따라오기도 하는 등 가까운 사이가 되었습니다. 결국 대장과 제가 주고받은 오해는, 지금까지 살면서 주고받은 오해 중에서 가장 괜찮은 오해가 되었습니다.

고양이라고 우정이 없을쏘냐

대장이 사는 뽕나무 구역에, 어느 날 아주 꾀죄죄한 고양이 한 마리가 나타났습니다. 온몸이 하얀 고양이였는데 처음 보았을 때 회색처럼 보일 만큼 때가 많이 탄 모습이었습니다. 겁이 많아 수풀 사이에 꼭 숨어 있곤 해서, 다른 놈들과 어떻게 어울려 살아가려나 걱정이 될 정도였습니다. 사료를 놓고 멀리 떨어지면 그제야 조심스레 나와서 눈치를 보며 먹다가 다시 후다닥 들어가길 반복했죠. 저는 그 녀석을 '흰둥이'라 불렀습니다.

그런데 언제부턴가 흰둥이가 대장과 함께 다니기 시작하더군요. 그리고 대장과 어울리기 시작한 후부터 흰둥이의 태도는 확연히 달라졌습니다. 풀 기가 죽은 예전의 흰둥이가 아니었죠. 오히려 다른 고양이들보다도 서열이 높아진 듯 보였습니다. 수풀 사이로 숨어서만 다니던 놈이 당당하게 어깨를 펴고 꼬리는 한껏 치켜든 자세로 산책로를 걸어다니는 모습을 보면 실소가 터져 나왔습니다.

"흰둥아. 내가 너 지질했던 시절을 다 기억하고 있는데, 아주 마나님이 다 되었구나!"

이제 뽕나무 구역에 가면 대장과 흰둥이가 앞서거니 뒤서거니 하며 노는 모습을 볼 수 있게 되었습니다. 친한 고양이들끼리는 (마치 사람처럼!) 나란히 걸으며 서로 꼬리를 맞댄다는 것을 그때 알았답니다.

그러나 어느 날, 흰둥이는 감쪽같이 사라졌습니다. 어디로 갔는지 알 수가 없었습니다. 흰둥이가 사라지자 대장도 기운이 없는 듯했습니다. 제가 가도 반갑게 달려 나오지 않고 산책로 수풀 사이에 멍하니 앉아 있곤 했죠.

"흰둥이는 어디 갔냐, 대장아?"

물어도 대답이 돌아올 리 만무했습니다. 그러던 중에 동네 아주머니를 통해 흰둥이의 소식을 들을 수 있었습니다. 로드킬을 당했다고요.

행복한 시간이 너무 짧았던 흰둥이가 너무 가여웠습니다. 설상가상 흰둥이가 사라진 후로 대장도 급격하게 쇠약해지기 시작했습니다. 씩씩하게 다니는 모습을 좀처럼 보기 어려워지더니, 다른 녀석에게 쫓겨 달아나는 모습까지 보이더군요. 갑자기 처량한 신세가 된 대장이 몹시 안쓰러웠습니다.

그러나 시간이 흐르면서 대장은 컨디션을 회복하기 시작했습니다. 뽕나무 구역을 넘보던 다른 녀석과도 당당하게 맞서 싸워 영역을 지켰습니다. 전처럼 다시 저를 마중 나온 대장을 보며 말했습니다.

"너…… 짝꿍이 죽었다며."
"야옹."
"어떡하냐?"
"야옹."
"불쌍한 놈……."
"야옹."

대장은 그 후로도 뽕나무 구역의 훌륭한 대장으로 살았습니다. 그리고 어느 순간, 여느 고양이들처럼 갑작스럽고도 조용하게 종적을 감추었습니다.

가을이면

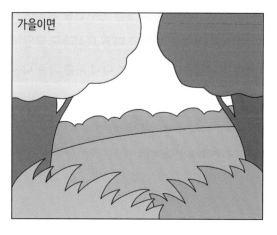

빈 밥그릇엔 낙엽만 예쁘게 담깁니다.

뽕나무 구역을 스치는 찬바람

대장이 사라진 뽕나무 구역에 어느 날부터 노란 고양이 두 마리가 보이기 시작했습니다. 둘 다 중성화 수술을 했다는 표식으로 한쪽 귀 끝이 잘려 있었습니다. 주둥이 부분의 털 색깔만 약간 다를 뿐 언뜻 보아서는 분간하기 어려울 정도로 닮은 녀석들이었죠. 어쩐지 한배에서 난 자매 사이 같았고, 나란히 붙들려 중성화 수술을 받은 후에 그 자리에 풀려난 듯한 느낌이 들었습니다.

둘은 더 이상 대장이 없는 그 구역을 한가롭게 오갔습니다. 지켜보니 한 마리는 애교가 많은 편이었고, 다른 한 마리는 경계심이 많았습니다. 한 마리가 사람들에게 애교를 부려 먹을 것을 얻으면, 다른 한 마리가 그것을 나눠 먹는 방식으로 살고 있었습니다. 저는 애교가 많은 녀석을 '꼬맹이'라 부르고, 좀처럼 가까이 오지 않는 녀석을 '멍충이'라고 부르기 시작했답니다. 꼬맹이란 이름은 사실 제가 동네 고양이들을 볼 때 습관처럼 부르던 호칭으로, 어른들이 고양이를 '나비야, 나비야' 하고 부르는 것과 비슷한 것이었죠. 원래는 다른 모든 고양이들을 부르던 호칭이었지만, 언젠가부터 이 고양이만 꼬맹이라 부르기 시작해서 결국 단 하나의 꼬맹이가 된 경우입니다.

멍충이란 이름은 아직도 미안하기는 한데, 가까이 다가와 냥냥거리며 애교를 부리는 꼬맹이와 달리 언제나 저 멀리서 뚱한 표정으로 쳐다보기만 하는 모습을 보며 "야, 이 멍충아, 너도 이리 가까이 오면 얼마나 좋으냐. 얘처럼 이렇게 애교를 부리면 사람들이 좋아할 텐데, 이 멍충아" 하던 것에서 비롯된 이름입니다. 나중에야 알게 되었지만, 사실 길고양이들이 사람과 지나치게 가까워지는 것은 고양이들에겐 좋지 않은 일입니다. 세상에는 고양이를 좋아하는 사람들만 있는 것이 아니기 때문입니다. 사람을 친근하게 생각하고 해치지 않을 거라고 굳게 믿고 가까이 다가갔다가 끔찍한 해를 입는 고양이들이 얼마나 많던지요.

어쨌든 그렇게 꼬맹이와 멍충이는 뽕나무 구역의 새로운 거주자가 되었습니다. 활달하고 겁 없는 꼬맹이가 새로운 대장이 된 셈이었죠. 저희 동네에는 고양이를 예뻐하는 분들이 많이 있었던 데다가 꼬맹이의 애교 기술이 날로 발전하면서 그 둘이 먹고사는 데엔 큰 지장이 없어 보였습니다. 사료와 물을 주러 밥 자리에 가보면 캔 사료를 먹은 흔적도 종종 있었고요. 다른 캣맘들 역시 꼬맹이의 애교에 흠뻑 빠져서 그 길을 지나갈 때마다 잘 있는지 확인하고 안부를 챙길 정도였습니다.

그러던 중 겨울이 다가왔습니다. 겨울이 되어 날이 추워지면 길고양이들은 어디론가 숨어들어 추위를 견딥니다. 저희 동네에는 연식이 오래된 구옥이며 마당이 있는 주택들이 많았기 때문에 그런 집들의 구석구석으로 피신하는 것이리라 짐작할 수 있었죠. 그러나 뽕나무 구역의 이 두 녀석은 그런 요령이 전혀 없는 듯 보였습니다. 가을 내내 떨어져 내려 두껍게 쌓인 낙엽 위에 나란히 웅크리고 앉아 있는 모습을 보며 답답했던 적이 한두 번이 아닙니다.

"다른 놈들은 다 어딘가에 숨는데! 저쪽으로 조금만 가면 숨을 데가 많은데, 얘들아."

숲이 우거진 뽕나무 구역은 여름을 시원하게 나기엔 좋은 곳일지 몰라도 겨울을 나기엔 영 시원찮은 곳이었습니다.

추위가 심해지면서 보다 못한 저는 어설픈 솜씨로 '겨울집'

이라는 것을 만들어보기도 했습니다. 그러나 너무 어설펐는지 안으로 들어가지도 않더라고요. 그래도 추위가 계속되자 그 둘도 더는 못 참겠던지 은신처를 찾아 나선 듯했습니다. 아주 추운 날은 근처의 인가를 드나드는 모습을 볼 수 있었습니다. 어딘가에서 추위를 피하고 온 둘은 꾀죄죄한 모습으로 나타나 곤 했는데, 특히 꼬맹이의 콧잔등엔 검댕이가 묻어 있기 일쑤 였죠.

춘식이는 춘식이

사람들에게 예쁨받는 고양이들은 이름이 많습니다. 꼬맹이와 멍충이도 그런 경우였습니다. 동네의 다른 캣맘은 꼬맹이를 '순이'로, 멍충이를 '희순이'라 부르셨죠. 언젠가 다른 캣대디는 꼬맹이를 '노랑이'라고 부르고 있었고요. 저는 이름 붙이는 일엔 영 소질이 없어서 멍충이니 얼룩이니 젖소니 누렁이니 하는 이름들을 붙여댔지만, 그러다 보니 때로는 약간 미안한 일도 생깁니다. 제가 '까만 어미'라고 오랫동안 부르던 고양이가 있었는데, 우연히 그 애가 다른 캣맘에게 '제니'라는 이름으로 불리고 있던 것을 알게 된 것입니다.

'제니, 너는 제니였구나. 남들한테는 제니라는 세련된 이름으로 불리고 있었어. 미안하다……' 하는 마음이 된달까요?

그러나 모두가 세련된(?) 이름을 갖게 되는 것은 아닙니다. 처음 보자마자 '못생겼다, 너무 못생겼다'는 생각에 '못난이'라고 부르기 시작한 고양이가 있었는데, 다른 주민들이 붙여준 그 녀석의 또 다른 이름들은 '(코가 까매서)흑코'와 '춘식이'였습니다. 어디로 보나 못난이이고 흑코이고 춘식이가 될 수밖에 없는 외모를 가진 고양이였죠. 이 녀석의 이야기는 이후에 길게 할 예정입니다.

꼬맹이와 저는 제가 "꼬맹아!" 하고 부르면 꼬맹이가 풀숲 어딘가에서 쉬고 있다가 달려 나올 정도로 가까워지게 되었습니다. 그러나 매번 같은 정도로 반겨준 것은 아닙니다. 제가 그날 뽕나무 구역을 맨 처음으로 방문한 거라면 반가움의 크기가 상당히 큽니다. "냐아아아!" 크게 외치며 달려 나와 제 다리에 몸을 쓱쓱 비비며 아양을 떨었죠. 그러나 좀 전에 다른 사람이 한 번 다녀가서 맛있는 것을 이미 먹은 상황이라면 그렇게까지 반기지는 않더라고요. 이미 다른 사람과 만나고 있을 때 제가 나타나면 거의 본체만체였습니다. 그 차이가 제법 커서 코웃음이 나올 정도였답니다.

아무튼 그 무렵 '이름이란 무엇인지' 생각하게 되었습니다. 제가 "꼬맹아, 꼬맹아" 하고 부르면 꼬맹이가 달려 나왔으나, 과연 꼬맹이가 그것이 자기 이름이라는 것을 인식하고 있을까 궁금했던 것입니다. 혹시 꼬맹이는 제가 "꼬맹아, 꼬맹아"

하고 우는 거라고 생각하고 있는 것은 아니었을까요? 꼬맹이에게 저는 "꼬맹아, 꼬맹아" 하고 우는 사람이고, 다른 캣맘은 "순이야, 순이야" 하고 우는 사람인 건 아니었을까요? 그래서 뽕나무 구역에 가서 꼬맹이를 부르고 꼬맹이가 나타나 쓰다듬을 때마다 이렇게 말하곤 했답니다.

"언니가 꼬맹아, 꼬맹아, 하고 울었어? 그래서 언니 보러 나왔어?"

저의 책 《그럴수록 산책》(위즈덤하우스, 2021)에는 〈이름〉이란 제목의 만화가 한 편 실려 있습니다. 고양이를 "꼬맹아~ 꼬맹아~" 하고 부르는 여자를 보면서 고양이가 '꼬맹이가 왔군!' 생각하는 내용인데요. 이때의 기억으로 그린 만화랍니다.

한편, 꽤 오래전 일인데도 잊지 못하는 광경이 하나 있습니다. 언젠가 동네 골목에서 어르신들이 돗자리를 깔아놓고 옹기종기 둘러앉아 막걸리 잔치를 벌인 날이었습니다. 길고양이 한 마리가 조금 떨어진 곳에 앉아서 어르신들이 던져주는 안주를 받아먹고 있더라고요.

"나비야, 나비야."

어르신들은 그 녀석을 '나비야' 하고 부르고 계셨는데요, 그 광경을 보며 마음이 뭉클해졌습니다. 어쩌면 '나비'는 녀석이 태어나 처음 가져본 이름이었을 것입니다. 그리고 앞으로 누군가 '나비야' 하고 부른다면 그것은 좋은 뜻이라 생각하게 되겠죠.

오래오래

어느 해 늦겨울, 뽕나무 구역에 몹시 약해 보이는 고양이 한 마리가 나타났습니다. 한눈에 보아도 비실비실한 것이, 나이도 많은 듯 보였습니다. 이 녀석은 꼬맹이와 멍충이가 잠을 자던 은신처를 떡하니 차지하고 그곳에서 잠을 자기 시작했는데, 신기한 것은 먼저 살던 두 녀석의 태도였습니다. 너무나도 너그러운 것이었습니다.

'약한 녀석이라 봐주는 건가? 고양이에게도 긍휼이란 것이 있다는 건가?'

참으로 신기한 일이었습니다. 저는 그 녀석을 '비실이'라고 불렀는데요. 비실이는 밖으로 나와서 햇볕을 쬐다가도 저만 보면 몸을 숨기기 바빴습니다. 그러나 몇 번 더 마주치면서 제가 밥을 주고 간다는 사실을 눈치채고 안심한 모양이었습니다. 어느 날 밥을 주고 돌아서는데 등 뒤에서 "야옹야옹" 소리가 들려 돌아보니 비실이가 제 쪽으로 달려오더라고요. 저를 보며 몇 번을 더 울더니 밥그릇을 향해 가더군요. 마치 고맙다는 인사를 하러 온 것만 같았습니다.

계속 비실이라고 부르면 이름처럼 될까 봐, 그날부터 저는 비실이를 '튼튼이'라 부르기 시작했습니다. 튼튼이는 늦겨울을 무사히 나면서 처음 보았을 때보다 많이 튼튼해지고 있었습니다. 봄이 되자 뽕나무 구역 여기저기를 돌아다니기도 하고, 꼬맹이, 멍충이와도 잘 지냈고요. 말도 엄청나게 많은 녀석이었습니다. 가을쯤에는 아주 기세등등해져서, 구역을 어슬렁거리는 낯선 고양이가 튼튼이의 기세에 밀려 자리를 뜨기도 했습니다. 그러나 건강을 되찾은 후에도 가끔 가래 끓는 소리를 내고는 했는데, 그럴 때면 튼튼이에게 이렇게 말하곤 했습니다.

"많이 먹고 힘내서 오래오래 살아. 이왕 태어난 거 오래오래 살다 가."

후회해도 늦었지

언제부턴가 멍충이가 보이지 않았습니다. 대체 어디로 사라진 건지 알 수가 없었습니다. 늘 함께 다니던 멍충이 없이 꼬맹이 혼자 사람들을 맞이했죠.

"누가 키우려고 데려간 거 아닐까?"

어머니가 말씀하셨지만, 만약 그런 거였다면 애교가 많은 꼬맹이를 데려갈 확률이 높았을 것입니다. 멍충이는 이전에도 혼자서 며칠씩 사라졌다가 나타나곤 했기에 이번에도 그런 경우이길 바랐으나, 아무래도 이번엔 영영 사라진 모양이었습니다. 길고양이들을 좋아하게 되면 반드시 이런 일을 겪게 됩니다. 어느 날 갑자기 사라져도 '그런가 보다' 하고 받아들여야 하는 것입니다.

인가에 숨어들었다가 붙잡힌 것인지? 다른 고양이에게 쫓겨 달아나다가 돌아오지 못하는 것인지? 로드킬을 당한 것인지? 혹시 고양이를 싫어하는 사람에게 험한 일을 당한 건 아닌지? 여러 경우의수를 생각하며 저는 이 친구에게 '멍충이'란 이름을 붙인 것을 몹시 후회했습니다. 성의도 없이 멍충이라고 부르는 바람에 녀석이 멍청하게 위험을 피하지 못한 건 아닌지, 다시 돌아오면 멍충이 말고 예쁜 이름으로 불러줄 텐데, 같은 생각이 들어 괴로웠죠.

그렇게 그 너른 뽕나무 구역에는 꼬맹이와 튼튼이만 남았습니다.

\\\

운동기구파

산책로 중간에는 주민들이 이용할 수 있게 설치해둔 운동기구들이 있었습니다. 저는 그곳에서 사는 고양이들을 '운동기구파'로 불렀습니다. 모두 세 마리였는데, 노랑이와 까망이, 그리고 삼색이었습니다.

노랑이와 까망이는 언제나 함께 붙어 다녔습니다. 제가 관찰한 바에 따르면, 고양이들은 혼자서도 잘 다닙니다. 그러나 함께 다닐 친구가 있으면 훨씬 의기양양합니다. 두 녀석도 그런 경우였는데, 둘 다 체격이 크지 않고 성격도 온순한 편이어서 영역을 잘 지켜내기엔 힘이 없어 보였지만, 함께 다니기 때문인지 오랫동안 그곳을 지키며 살아가고 있었습니다. 노랑이는 까망이에 비해 나이가 훨씬 많은 듯했고, 털이 전체적으로 깨끗하지 않고 군데군데 뭉친 부분이 있기도 했죠. 그런 경우는 고양이가 스스로 그루밍을 잘 해내지 못하고 있다는 뜻이고, 구내염이 있을 가능성이 높다고 합니다. 아니나 다를까 어느 캣맘이 구내염 약을 챙겨 먹이고 있었습니다.

　　같은 구역의 대장 격인 녀석은 삼색이였습니다. 하는 짓이 워낙 똘망똘망하고 눈빛만 봐도 '나 똑똑하다'는 분위기를 풍기는 녀석이어서 '똘망이'라고 이름 붙였죠. 똘망이는 노랑이, 까망이와 같은 영역을 공유했지만 그 녀석들과 절친한 사이는 아니었습니다. 언제나 혼자 돌아다녔죠. 사료를 챙기는 저를 알아보고 제법 가까이 다가오기도 했고 뒹굴거리며 호감을 보일 때도 있었지만 바로 곁을 내어주진 않았습니다. 언제나 몇 발자국 떨어진 곳에서 인사를 했답니다.

　　큰 다툼 없이 평화롭던 운동기구파 구역에도 어느 날 처음 보는 녀석이 나타났습니다. 짧은 앞머리를 한 것처럼 보이는 무늬 때문에 제가 '처피 뱅', 줄여서 '처피'라 이름 붙인 녀석이었습니다. 대체 어디에서 굴러온 건지 알 수 없는 이 녀석은 한눈에 보기에도 무척 사나운 인상을 가진, 중성화되지 않은 수컷이었습니다. 이전에 온 동네를 공포에 몰아넣던 '꼬리 잘린 놈'을 떠올린 저는 처피를 몹시 경계했는데, 똘망이의 하악질에 줄행랑치는 광경을 보고 안도의 한숨을 쉬었답니다. 그러나 너무 이른 안도의 한숨이었습니다. 처피의 기세가 점점 거세진 것입니다.

\\\

아, 어리석은 처피여

처피는 나타난 지 얼마 지나지 않아 운동기구파 구역을 접수하고 말았습니다. 날씨가 좋은 날이면 운동기구 주위에 드러누워 햇볕을 즐기던 노랑이와 까망이, 똘망이는 더는 그런 여유를 누리지 못하게 되었습니다. 산책로 바닥에 깔린 나무 데크 아래나 화단 풀숲에 숨어 있는 녀석들을 볼 때마다 처피가 원망스럽더군요. 로비하는 심정으로 캣닙(개박하)이며 닭고기 같은 특별식을 주면서 "이 녀석아, 다른 애들이랑 친하게 지내야지~" 부탁하기도 했는데, 몇 번 얻어먹은 후로 저만 보면 가느다란 "냐~" 소리를 내며 아양을 떨고 세상 제일가는 온순한 고양이 행세를 했지만, 다른 녀석들에겐 여전히 폭군처럼 굴었습니다. 그렇게 특별식을 준 것도 좋은 선택은 아니었습니다. 저의 바람은 '맛난 것은 얼마든지 먹을 수 있는 풍족한 구역이니 다른 놈들과 사이좋게 지내라'였다면, 처피는 반대로 '나만 남으면 이 모든 걸 독차지할 수 있겠군!'이라고 판단한 모양이었죠. 결국 특별식을 제공하는 것은 멈추고 사료만 가져다주었습니다.

　온 동네를 휘젓고 다녔던 '꼬리 잘린 놈'처럼, 처피도 운동기구 영역에만 만족하지 않고 세를 키우기 위해 다른 영역을 곧잘 침범했습니다. 그러다가 그 구역의 다른 녀석과 맞붙기도 했습니다. 그날 처피에게 대든 고양이는 '못난이'란 녀석이었는데, 평소엔 처피의 그림자만 보여도 냅다 도망가던 녀석이 어쩐지 그날따라 도망갈 타이밍을 놓치고 머뭇거리더군요. 그리곤 '이렇게 된 거 이판사판이다' 생각했는지 처피에게 대들더니만, 결국 엄청 혼나고 말았습니다. 두 고양이가 뒤엉켜서 난리가 난 상황에선 사람이 아무리 고함을 친들 소용이 없습니다. 제가 들고 있던 것이 저희 개 태수의 똥을 담은 봉지뿐이어서, 급한 대로 똥 봉지로 처피를 후려치자 그제야 둘은 떨어졌답니다. 처피는 후다닥 제 구역으로 달려갔고, 놀란 못난이는 산책로의 나무 데크 아래에 숨어 숨을 골랐습니다. 진정하라고 츄르를 줬지만 먹지 못하고 자꾸 뒤만 바라보며 처피가 돌아오지 않는지 살피더군요.

못난아, 못난아

처피에게 호되게 당한 못난이는 제가 '오합지졸파'라 이름 붙인 구역의 일원이었습니다. 다른 구역들은 구역의 특색에 맞추어 '운동기구파'라거나 '뽕나무파'라거나 '계단파' 등으로 불렀지만 그곳은 일반 주택들만 있을 뿐이어서 적당한 이름을 붙이기가 어려운 곳이었죠. 그런데 딱히 대장으로 보이는 놈이 없이 늘 고만고만한 녀석들이 모여 살고 있길래 '오합지졸파'라 부르던 참입니다.

못난이를 처음 본 날을 저는 또렷이 기억합니다. 처음 본 순간 '못생겼다, 너무나 못생겼다'고 생각했기 때문입니다. 흰 바탕에 검은색 잉크를 대충 쏟은 듯한 무늬가 있는 녀석이었는데, 한숨이 절로 나올 정도로 못생긴 얼굴이었습니다. 안타까운 일이지만, 길고양이들도 사람이 보기에 예쁜 외모를 지니고 있을수록 예쁨을 받기 쉽습니다. 그게 아니라면 뽕나무 구역의 꼬맹이처럼 살가운 성격으로 아양을 많이 떨어야 가능한 일이었죠. 그러나 그 녀석은 척 보기에도 '너무 특이하게 생겼는데, 참으로 못생겼다' 싶은 외모인데다가, 붙임성까지 없었습니다.

'못생겼다고 구박받지 말아야 할 텐데······.'

마주칠 때마다 그런 걱정을 하게 만드는 녀석이었죠.

못난이는 중성화한 수컷으로 꽤 큰 덩치에도 겁이 많아 보였는데, 그래도 오합지졸파 다른 고양이들과 제법 무리 없이 어울리기 시작했습니다. 제가 나타나면 언제나 고양이들 맨 뒤에 숨어서 정황을 살피며 움직이곤 했죠. 자기보다 훨씬 덩치가 작은 고양이들 뒤에 서 있는 못난이를 보며 많이 웃었습니다. 그러나 참 희한하게도, 못난이는 오합지졸파 영역에만 머물지 않고 뽕나무파 구역 일부며 주택가 계단 아래쪽까지 넘나드는 모습을 보였습니다. 그동안 제가 보아온 바로는 꼬리 잘린 놈이나 처피처럼 난폭한 놈들이 여러 영역을 넘나들곤 했는데, 그렇게 온순한 고양이가 넘나드는 모습은 잘 보지 못하는 광경이었기에 무척 신기해 보이곤 했습니다. '너무나 보잘것없어서 다른 놈들도 그냥 두는 것인가?'란 생각이 들 정도였죠.

\\\

덩치는 제일 큰 녀석이

맨날 친구들 뒤에만 있네

꼬마를 데리고

어느 날 성벽 위에서 새끼 고양이 우는 소리가 들렸습니다. 아무래도 성벽 아래로 내려오고 싶어 하는 모양이었죠. 성벽 건너편에 살던 어미 고양이가 새끼들을 데리고 이 아래로 이동했는데, 그 녀석은 두고 왔는지도 모를 일이었습니다. 새끼 고양이 혼자 내려오기엔 성벽은 너무 높았습니다. 그렇게 이쪽을 보며 빽빽 울던 새끼 고양이는 다음 날 성벽 아래에서 발견되었습니다. 어떻게든 용기를 내서 내려온 모양이었죠. 새끼에게는 정말 대단한 용기였을 것입니다. 저는 그 새끼 고양이를 '꼬마'라 부르기 시작했습니다.

'용케 내려오긴 했지만 저 녀석 혼자 힘으로 어떻게 살아갈 꼬…….'

염려했지만, 이윽고 희한한 광경이 펼쳐졌습니다. 못난이가 꼬마를 데리고 다니기 시작한 것입니다. 못난이는 중성화

한 수컷이기 때문에 꼬마가 못난이의 자식일 가능성은 없었습니다. 그런데도 꼬마를 거두어 함께 다니기 시작한 것입니다. 꼬마는 못난이와 함께 다니며 사료를 먹을 수 있는 곳이 어디인지 배웠고, 산책로 곳곳에서 못난이와 장난을 치며 뛰어다니곤 했습니다. 어미를 잃고 세상에 의지할 곳 없던 새끼 고양이에게 못난이는 얼마나 의지가 되는 존재였을까요? 그렇게 못난이는 꼬마에게 삼촌 노릇을 톡톡히 해주고 있었습니다.

제가 흥미롭게 본 것은, 꼬마도 못난이를 따라 오합지졸파 구역에만 머물지 않고 뽕나무파 구역 일부를 넘나들게 되었다는 것이었습니다. 그전까지는 두 구역을 동시에 넘나드는 녀석은 못난이 하나였는데, 그런 녀석이 한 마리 더 생긴 셈이었죠. 학습을 통해 구역을 물려받고 있는 모습을 지켜보고 있자니 퍽 감동적이기까지 했답니다. 그 와중에도 못난이는 제가 나타나면 꼬마를 앞세우고 자기는 꼬마 뒤에서 동태를 살피며 의식하곤 해서 저를 웃겼습니다. 어쨌든 그렇게 꼬마는 못난이 삼촌과 함께 쑥쑥 자라 제법 청소년 티가 나는 고양이로 성장하고 있었습니다.

계절이 지난 어느 날 저는 또 입이 떡 벌어졌는데, 못난이가 이번엔 다른 새끼 고양이를 데리고 다니는 모습을 보고 만

\\\

것입니다. 이번에는 털 무늬가 자기와 제법 닮기까지 한 어린 고양이였는데, 그 녀석 역시 못난이를 따라다니며 신나게 놀고 있었습니다. 처음 본 순간 못생겼다고 '못난이'라고 이름 붙인 게 미안해질 만큼, 못난이는 너그럽고 착한 고양이였답니다. 심지어 맛있는 것을 주어도 새끼 고양이 먼저 먹으라고 양보하는 모습을 본 후로 저는 못난이의 팬이 되고 말았습니다.

접대용 목소리

뽕나무 구역의 꼬맹이는 저를 만나면 언제나 '냐~' 하는 높은 목소리를 내며 마중 나왔습니다. 그래서 저는 그 목소리가 꼬맹이의 유일한 목소리라 믿고 있었죠.

그러던 어느 날, 저는 보았습니다. 꼬맹이가 저를 보고 달려오며 한 번도 들어보지 못한 굵직한 톤으로 "야옹" 하다가 '아차차, 이 목소리가 아니지!'라는 듯 황급히 톤을 높여 "냥냥냥냥!" 하는 광경을요. '목소리가 왜 저러지? 감기에 걸렸나?' 걱정하려는 순간 잽싸게 목소리를 바꾸는 꼬맹이를 보며 얼마나 기가 막혔는지 모릅니다.

"너, 그게 기본 목소리 아니었어? 그렇게 무서운 목소리를 낼 수도 있는 거였어? 그럼 나한테는 특별히 접대용 목소리를 내주고 있는 거였어?"

\\\

어이없으면서도 나름 고맙기도 하더군요.

그리고 얼마 후, 꼬맹이는 다시 그 중저음의 목소리를 들
켰습니다. 뽕나무 구역에 들어서는데 어디선가 굵고 위협적인
고양이 울음소리가 들리더라고요.

"어으, 어으."

혹시 다른 녀석이 침략한 것인가? 또 난폭한 녀석이 나타
나서 꼬맹이의 구역을 빼앗는 건 아닌가? 몹시 긴장한 상태로
걸음을 옮겼으나 이번에도 꼬맹이였습니다. 어딘가를 향해 굵
직한 목소리로 울던 꼬맹이는 저와 눈이 마주쳤고, 그날은 더
이상 아무 말도 하지 않았답니다. 그 후로 꼬맹이가 저를 보며
'냐~' 하고 가느다란 소리를 낼 때마다 당연하게 생각하지 않
고 고맙다는 생각을 하게 된 것도 같습니다.

도망쳐라!

어느 저녁, 태수와 동네를 한 바퀴 돌다가 성벽 위에서 고양이한 마리가 눈치를 살피며 내려올까 말까 고민하는 모습을 보았습니다. 고양이가 내려오려던 곳에는 사람들이 앉을 수 있는 벤치가 몇 개 놓여 있었는데, 거기에 한 아저씨가 앉아 있었거든요. '내려가도 저 사람이 해를 끼치지 않을 것인가?' 눈치를 보는 듯했습니다. 저도 약간 긴장이 되어서 멀찍이서 지켜보고 있었죠. 고양이는 결국 결심한 듯 성벽을 내려왔지만, 고양이의 나쁜 예감은 틀리지 않았습니다. 아저씨가 주위의 돌멩이를 주워 고양이에게 던진 것입니다. 저는 뛰는 가슴을 누르며 다가가 말을 걸었습니다.

"왜 돌을 던지세요?"

아저씨는 저를 돌아보며 환하게 웃으며 말했습니다.

\\\

"아, 쟤는 길고양이에요."

길고양이여서 돌을 던져도 된다는 대답에 어이없었지만, 행여나 고양이에게 더 큰 해코지를 할까 봐 그러시면 안 된다고 '좋게 좋게' 말하고 말아야 했습니다.

사람이 고양이를 괴롭히는 모습을 본 것은 그게 처음이 아닙니다. 하루는 큰 백구를 데리고 산책하는 사람을 보았는데, 개가 고양이를 보고 짖더라고요. 고양이는 얼른 자동차 아래로 숨고요. 견주가 개를 끌고 가겠거니 했는데, 예상 외로 그는 개가 자동차 밑을 들여다보며 짖는 것을 심드렁히 두고 보고 있었습니다. 개에게 재미난 놀잇거리를 주었다고 생각했을지 모르겠지만, 차 밑에 숨어 있던 고양이에겐 공포의 시간이었겠죠.

어느 날, 산책로의 뽕나무 구역에 들렀으나 꼬맹이가 보이지 않았습니다. 어딘가 보이지 않는 곳에 있나 보다 생각하고 벤치에 앉아 쉬는데, 잠시 후 저 멀리서 꼬맹이가 후다닥 달려오는 것이 보였습니다. 그리고 그 뒤에선 어떤 청년이 "으아아아!" 큰 소리를 내며 꼬맹이를 쫓고 있었죠. 깜짝 놀란 제가 "왜 고양이를 쫓으세요?" 하고 물었더니 청년은 멋쩍게 웃었습니다. 험한 사람은 아닌 것 같아 "쟤도 이 동네에서 오래 산 주민인데 그러시면 애가 놀라요" 하고 부드럽게 타일렀더니 뒤쪽에서 함께 걸어오던 그의 일행이 "빨리 사과드려, 고양이한테도 사과하고"라고 말하더군요. 꼬맹이를 쫓은 청년도 "죄송합니다. 고양아, 너도 미안" 하고 떠났지만, 별일 아닌 듯한 이 순간에 제 심장이 얼마나 크게 뛰었는지 모릅니다. 행여라도 "내가 고양이를 쫓든 말든 무슨 상관이냐"면서 난폭하게 굴 사람이었을 가능성이 없던 것은 아니었으니까요.

제가 그렇게 놀랐는데 꼬맹이는 오죽했을까요? 청년들이 돌아간 후에야 수풀에서 나와 제 옆으로 다가온 꼬맹이를 달래며 저는 말했습니다.

"꼬맹아. 잘 도망쳤어. 잘했어. 다음에 또 누가 너를 쫓잖아? 그러면 또 잘 도망쳐야 한다. 알았지? 무슨 일이 있어도 잡히면 안 돼. 필사적으로 도망쳐야 한다."

선의와 악의

길고양이 밥 자리에는 가끔 사료 외에 이런저런 다른 음식들이 놓여 있습니다. 손질하고 남은 생선 가시와 지느러미, 먹고 남은 족발 뼈나 치킨 뼈 같은 것들이죠. 때로는 떡 같은 것이 있기도 합니다. 아마도 음식물 쓰레기를 버리려다가 '고양이들한테 주면 잘 먹겠지' 생각해서 가져다 놓은 것이겠지만, 고양이가 먹을 수 없거나 오히려 해가 되는 경우입니다. 익힌 닭뼈를 고양이가 삼키면 날카로운 뼈에 장기가 다쳐 위험할 수 있고, 생선 찌꺼기처럼 쉽게 부패할 수 있는 것도 좋지 않죠. 고양이가 사람처럼 씹어 먹을 수 없는 떡 종류도 마찬가지입니다. 언젠가는 보기만 해도 맵게 생긴 닭발을 누가 한 움큼 가져다 놓은 것도 보았는데, 사람이 먹기에도 매운 음식을 고양이가 먹기는 어렵겠죠. 물론 너무나 배가 고프면 먹을 수밖에 없을 수도 있겠지만, 그런 것을 주워 먹지 말라고 사료를 놓아두고 있는 것입니다. 그러니 길고양이 급식소에 언제나 사료가 마련되어 있다면, 가급적 사람이 먹는 다른 음식은 그곳에

놓지 않는 것이 가장 좋습니다.

그래도 이런 경우는 선의가 잘못 발현된 것이려니 생각할 여지가 있지만, 악의가 분명한 경우도 많습니다. 담배꽁초는 고양이 물그릇에 담기는 단골 쓰레기입니다. 담뱃불을 끄기에 편리해 보이는 모양입니다. 개똥이 담긴 비닐봉지가 밥그릇 안에 들어 있는 것도 본 적 있습니다. 개똥을 그릇 안에 놓아두려면 일부러 허리를 굽혀야 하는 자리였는데, 굳이 그렇게 해서라도 담아두고 가는 마음을 이해하기란 어려운 일이었습니다.

그나마 봉지에 담은 개똥은 양반입니다. 아예 급식소 바로 앞에 연달아 똥을 누는 사람도 있었죠. 덩치가 큰 개도 큰 똥을 누기야 합니다만, 개똥과 사람 똥은 다르게 생겼답니다. 그것은 아무리 봐도 사람의 똥이었습니다. 누군가 늦은 밤이나 새벽에 급식소 앞에 일부러 똥을 누고 가는 모양이었죠.

'왜 이렇게까지 하는가?'

생각하게 되지만, 역시 답은 찾기 어렵습니다. 다행히 꾸준히 계속하기엔 아무래도 본인도 어려운 일이었는지 며칠 그러다가 말긴 했습니다.

\\\

여럿이 지키고 있어

길고양이들을 보는 시선이 곱지만은 않다는 것을 잘 알고 있으니, 급식소를 돌보는 일엔 언제나 긴장이 맴돕니다. 저도 되도록 사람들의 눈에 띄지 않는 곳에 밥그릇을 놓고, 주위에 사람이 없을 때를 기다렸다가 얼른 배낭을 열어 후다닥 사료와 물을 주고 자리를 뜨곤 했습니다. 제법 잘해왔다고 믿고 있었는데 어느 날 급식소와 멀리 떨어진 아랫동네 산책로에서 마주친 사람이 저에게 말을 걸어오더군요.

"저 위에서 고양이 밥 주는 분 아니세요?"

정말 깜짝 놀랐습니다. 나름 비밀 수행을 잘하고 있다고 생각했는데, 늘 저희 개 태수와 함께 다니다 보니 눈에 띄지 않기는 어려운 일인 모양이더라고요. 다행히 그분은 고양이를 좋아하는 분이었기에 화기애애하게 인사를 나누고 헤어졌습니다.

어느 날은 꼬맹이가 있는 뽕나무 영역을 돌아보고 있는데 지나가던 남자가 말을 걸었습니다.

"여기는 다른 아줌마가 밥을 주던데, 그분이 아니네요?"

아마도 그분이 본 아줌마는 제가 맞았을 것입니다. 평소엔 트레이닝복을 입고 맨얼굴에 야구모자를 눌러쓰고 다니다가, 그날은 약속이 있어서 모자도 벗고 화장도 하고 치마도 입은 상태로 나왔을 뿐입니다. 그런 저를 알아보지 못한 모양이었죠. 하지만 저는 내심 다른 사람으로 봐주길 바라며 이렇게 대답했습니다.

"네, 여기에 고양이 밥 주시는 분들 많아요. 이 애를 예뻐하는 사람들이 많아서 여럿이서 돌보고 있어요."

꼬맹이의 뒤에 거대하고 든든한 '백'이 있는 것처럼 보이고 싶었습니다.

\\\

사라진 꼬맹이

어느 날부터 꼬맹이가 보이지 않았습니다. 몹시 추운 날이면 인근 골목으로 내려가 어딘가에서 추위를 피하고 오던 꼬맹이였기에 이번에도 그런 상황이길 바랐지만, 이틀이 지나고 사흘이 지나도 나타나지 않았습니다.

"꼬맹아, 꼬맹아!"

목청 높여 부르면 어디선가 "냐~" 화답하며 달려 나오던 꼬맹이였기에 열심히 부르고 다녔지만 나타나지 않더군요. 꼬맹이가 사라진 이유를 나름대로 추정해보았습니다.

-살가운 녀석이니 누군가 키우려고 데려갔다.
-다른 놈들에게 쫓겨 영역을 빼앗기고 달아났다.
-로드킬을 당했다.

셋 중 하나가 아닐까 생각했는데, 그 영역에서 다른 고양이들은 볼 수 없었고, 로드킬을 당한 것을 보았다는 사람들도 없었습니다. 그야말로 감쪽같이 사라진 것이니 누군가 데려갔을 가능성도 높은 상황이었지만 확실하지 않았죠. 졸지에 뽕나무 구역에는 튼튼이만 남게 되었습니다.

언제 가도 반갑게 맞이해주던 꼬맹이가 사라진 후 열흘이 지나고, 스무날이 지나면서 저는 이제 꼬맹이가 없다는 사실을 받아들일 수밖에 없었습니다. 얼마나 허탈하고 보고 싶던지 가슴 한쪽이 뻥 뚫린 기분이었습니다.

혼자 남은 튼튼이가 불쌍하기도 했습니다. 꼬맹이와 살가운 사이는 아니었어도 적당한 거리를 유지하며 함께 볕을 쬐곤 했는데, 혼자 남았으니 외롭기도 하고 무섭기도 할 것 같았기 때문입니다. 몸이 썩 튼튼하지 않으니 힘 좋은 다른 고양이들이 그곳을 넘보면 언제든 영역을 빼앗길 위험도 있었고요. 아니나 다를까 금세 낯선 녀석이 나타나 튼튼이를 공격하는 모습이 목격되기도 했습니다. 그야말로 위태로운 상황이었습니다.

\\\

비닐 한 장

초겨울 비가 추적추적 내리는 날이었습니다. 튼튼이가 숨어 지내는 나무 데크 아래로도 빗물이 스며들 것이 분명해, 재활용 쓰레기를 버릴 때 쓰는 커다란 비닐봉지를 잘라 그 위에 덮어두었습니다. 돌을 주워 비닐이 날아가지 않게 여기저기 눌러놓고요. 얇은 비닐이니 그것으로 추위를 피하긴 힘들겠지만 빗물은 피할 수 있을 테니까요. 비를 맞으면서 밥을 먹지 않아도 되게 사료 그릇도 데크 아래에 넣어주었죠. 튼튼이는 비가 그친 후에도 한동안 그 안에서 나오지 않고 제가 넣어주는 사료만 받아먹었습니다. "튼튼아" 하고 부르면 데크 아래에서 "야옹야옹" 대답만 하고, 제가 넣어준 사료를 들이마시듯 허겁지겁 먹는 소리가 들렸습니다.

그러던 어느 날, 뽕나무 구역을 찾은 저는 크게 놀랐습니다. 튼튼이가 머무는 데크가 두꺼운 방풍 비닐과 스티로폼으로 완전무장이 되어 있었기 때문입니다. 분명히 저는 얇은 비닐 한 장을 덮어두었을 뿐인데요. 콩을 심고 잠을 잤을 뿐인데 다음 날 아침에 하늘 높이 거대하게 자라 있는 '마법의 콩나무'를 발견한 잭이 이런 기분이었을까요? 대체 무슨 일이 일어난 건지 알 수 없는 노릇이었습니다.

　나중에 안 사연인데, 오며 가며 제가 얇은 비닐을 덮어둔 것을 본 다른 분이 나서서 아예 따뜻한 고양이집을 만들어놓으신 거였습니다. 그분도 튼튼이를 눈여겨보고 있었지만 그냥 지나쳐 다니다가, 제가 덮은 비닐을 보고 용기가 나서 그렇게 꾸려놓을 수 있었다고요. 언젠가 제게 알은척하며 지나가던 사람에게 말한 '거대하고 든든한 백'이 정말 있었구나 싶은 순간이었습니다. 그렇게 뽕나무 구역에 혼자 남은 튼튼이는 좀 더 따뜻한 집을 얻게 되었습니다.

\\\

기막힌 재회

꼬맹이가 사라진 지 40일이 넘어가면서 저는 이제 다시는 꼬맹이를 볼 수 없다는 사실을 받아들일 수 있었습니다. 고양이에게 정을 주지 않으려고 그렇게 애쓰다가 결국 정을 붙이고 말았고 갑자기 사라졌다는 사실에 몹시 슬펐지만, 어쩔 수 없다고 생각해야 했죠.

그날은 저희 개 태수와 산책을 하는데 태수가 자꾸 다른 길로 가고 싶어 했습니다. 평소에 자주 다니지 않던 길로 가려고 했죠. 태수의 고집에 두 손을 든 저는 태수가 이끄는 대로 걸음을 옮겼습니다. 그렇게 산책하고 돌아오는 길에 산책로 저쪽에서 고양이 하나가 '냐~' 하고 울면서 다가왔습니다. 그쪽에서는 본 적 없던 노란 고양이였습니다.

'얼마나 배가 고팠으면 처음 보는 나한테 알은체를 할까?' 싶어서 배낭에서 사료를 꺼내주려는데 고양이가 제 옆으로 다가와 계속 울었습니다. 가만 보니 세상에, 꼬맹이였습니다.

"꼬맹이 맞아? 꼬맹이야? 네가 어쩌다 여기에 와 있어?"

아무리 봐도 꼬맹이가 분명했습니다. 어쩌다 원래 살던 뽕나무 구역에서 한참 떨어진 그곳까지 오게 된 걸까요? 누군가 키우려고 데려갔다가 유기한 것일까요? 아니면 다른 고양이나 사람에게 쫓겨 달리다 보니 그 멀리까지 오고 나서 길을 잃은 걸까요? 온갖 경우의수가 머리에 떠올랐지만 일단 꼬맹이를 제자리로 돌려놓는 것이 시급했습니다. 그러나 개를 데리고 나온 상태에서 고양이까지 데리고 가는 것은 불가능한 일이었습니다.

"꼬맹아, 잠깐만 기다려. 어디 가지 말고 여기에 꼭 있어. 언니가 금방 올게."

꼬맹이가 알아들을지 알 수 없는 당부를 단단히 하고, 일단 개를 안고 집까지 부리나케 달렸습니다. 집에 개를 내려놓은 뒤 집 안을 급하게 뒤적이니 커다란 천 가방이 하나 나와서, 그걸 들고 꼬맹이가 있던 자리로 다시 달려갔습니다. 달리는 내내 '제발 그곳에 있어라, 제발 꼭 있어라' 기도했던 것 같습니다. 다행히 꼬맹이는 그 자리에서 저를 기다리고 있다가 저를 보고 다시 울면서 다가왔습니다. 천 가방으로 잽싸게 꼬맹이를 덮어 부여잡고 뽕나무 구역으로 달리기 시작했습니다.

"으어! 으어!"

꼬맹이가 세상이 떠나가라 울부짖은 바람에, 동네 사람들 모두가 제가 고양이를 안고 달린다는 사실을 알게 될 것만 같았죠. 행여라도 놓쳐서 영영 길을 잃게 할까 봐 천 가방 위로 꼬맹이의 다리를 단단히 잡고 달렸습니다. 이윽고 뽕나무 구역에 도착해 내려놓자마자 꼬맹이는 평소에 살던 데크 아래로 쏙 들어갔습니다. 크게 놀란 모양이었습니다. 그러나 잘 먹고 다니지 못했던 모양인지, 데크 앞에 사료를 놓아두자 금세 나와서 허겁지겁 먹기 시작하더라고요. 그리곤 이내 배를 보이며 드러누워 애교를 부리기 시작했습니다.

"대체 거기까진 왜 갔던 거야?"

아무리 물어본들 고양이는 대답을 할 수 없습니다. 제 영역에서 갑자기 사라진 것도, 그 멀리 다른 영역을 헤매고 다닌 것도, 우연히 마주쳐서 데리고 올 수 있던 것도 모두 기막힌 일일 뿐이었습니다. 그렇게 꼬맹이는 뽕나무 구역으로 다시 돌아왔습니다.

이렇게 된 사연

꼬맹이를 뽕나무 구역에 데려다 놓은 날 밤, 저는 잠을 자기 어려웠습니다. '정말 다시 데려다 놓은 게 잘한 일인가?'란 의문이 들었기 때문입니다. 만약 꼬맹이가 다른 고양이의 공격을 받아 도망쳤던 거라면? 어떤 이유로든 그곳에서 사는 걸 원치 않아 떠났다가 우연히 저와 마주친 것이었다면? 그런 상황이라면 다시 뽕나무 구역으로 데려다 놓은 것이 꼬맹이를 위한 행동이었는지 자신이 없었습니다. 꼬맹이는 원치 않는데 제가 지나친 개입을 한 것이 아닌가 싶기도 했고요.

그러나 다음 날 아침 일찍 뽕나무 구역을 찾았을 때, 꼬맹이는 저 멀리서부터 저를 알아보고 '냐~' 소리를 내며 한달음에 달려오며 반겼습니다.

"잘 잤어?"
"냐~"

"괜찮았어?"

"냐~"

제가 걸음을 옮길 때마다 냥냥거리며 부산스럽게 저를 맞이하는 꼬맹이를 보며 '잘했다. 잘한 것 같다'는 생각이 들더라고요.

한참 후에나 다른 캣맘을 통해 알게 된 일인데, 꼬맹이는 제 발로 구역을 떠난 것이 아니었습니다. 꼬맹이를 아끼던 동네 주민이 추운 겨울만이라도 따뜻하게 나라고 아는 사람의 집에 보낸 모양이었어요. 사람들을 잘 따르는 녀석이니 그 집에서도 잘 지낼 거라고 생각해서 보냈는데, 예상 외로 꼬맹이는 적응하지 못했다고 합니다. 밤낮으로 울기만 해서 이번엔 그분이 직접 자기 집으로 데려갔는데, 거기서도 적응을 못 하다가 급기야 문이 열린 틈을 타서 탈출했다고요. 그래서 생판 모르는 곳을 헤매고 있다가 저와 마주친 거였습니다. 그러니 원래 살던 곳으로 데려다 놓은 것은 잘한 일이었습니다. 모든 상황을 알고서야 안도의 한숨이 나오더라고요. 그때 꼬맹이와 우연히 마주치지 못했다면? 또 다른 곳을 떠돌다가 저와 영영 마주치지 못했다면? 우리의 연은 거기에서 끝났을 것입니다. 낯선 영역에 던져진 꼬맹이가 무사히 살아남을 수 있었을지도 장담할 수 없습니다. 인간이 내미는 손길이 고양이가 바라는 것과 일치하지 않을 수 있으며, 도움을 주려다가 자칫 더 위태로운 상황에 처하게 할 수도 있다는 것을 깨닫게 한 일이었습니다.

한편 꼬맹이를 잃어버리고 애태우던 분은 제가 뽕나무 구역으로 다시 데려다 놓은 것을 모르고 있었기에, 그곳에서 꼬맹이를 발견하고는 녀석이 혼자 제자리를 찾아온 줄 알고 깜짝 놀랐다고 합니다. 이래저래 사람들을 놀라게 한 꼬맹이였습니다.

다시 찾은 평화

뽕나무 구역으로 꼬맹이를 데려다 놓은 후로 꼬맹이는 저를 더욱 따르기 시작했습니다. 그전까지는 저를 보면 반갑게 인사하는 정도였다면, 이제는 제가 언제 오는지 기다리는 게 눈에 보일 정도였죠. 구역에서 가장 높은 지형의 자리에 앉아 있다가 제가 오는 게 보이면 '냐~'를 외치며 후다닥 마중을 나왔습니다. 아무래도 제가 원래 자리로 데려다 놓은 것이 어떤 의미인지 정확히 파악하고 있고, 그래서 고마워하는 것 같았습니다. 저 역시 꼬맹이가 다시 적응을 잘하고 있는지 궁금해서 더욱 자주 찾게 되었고, 매일 들르는 게 일과가 되었습니다.

꼬맹이가 사라졌던 동안 뽕나무 구역은 잠시 위태롭기도 했습니다. 그러나 대장이 사라진 영역이라는 것을 눈치채고 영역을 넘보던 녀석들도 꼬맹이가 돌아온 후로 자취를 감추었습니다. 뽕나무 구역은 그렇게 다시 평화를 찾아가고 있었습니다.

\\\

겨울나기

모든 생물들이 마찬가지겠지만, 길고양이들에게도 겨울은 가혹합니다. 예전에는 '길냥이들은 어떻게 밖에서 겨울을 나는가?'란 의문에 '온몸에 털이 나 있기도 하고, 다 사는 방법이 있는 거겠지'라고 막연히 생각했지만, 가까이서 보니 답은 '어쩔 수 없이 참는 것'이었습니다. 따뜻하게 날 방법이 없으니 별수 없이 온몸으로 추위를 참으며 견디는 것입니다.

마실 물이 모두 얼어버리는 것도 괴로운 일입니다. 꽁꽁 언 물그릇의 얼음을 버리고 따뜻한 물을 채워도, 추위 속에선 곧 얼어버리고 맙니다. 눈이라도 오면 맨발로 눈을 밟으며 먹을 것을 찾아다녀야 하죠. 도심의 길에는 염화칼슘처럼 피부에 해를 입히는 물질이 뿌려져 있기도 해서 그것도 위협이 됩니다.

꼬맹이와 튼튼이는 은신처를 하나씩 나눠 살고 있었습니다. 얼마 전에 어느 분이 튼튼이의 은신처를 따뜻하게 꾸며놓

으신 것을 참고해, 저도 꼬맹이의 은신처 위에 스티로폼이며 비닐을 얹어 찬바람이 들어가지 않게 꾸며놓았습니다. 그런 것으로 찬 기운을 막기엔 턱없이 부족할 테지만 그래도 없는 것보단 나은지 둘은 각자의 보금자리에서 겨울을 지내고 있었습니다.

인터넷으로 정보를 찾아보니 고양이 겨울집 안에 사람이 입는 점퍼를 넣어주는 경우도 있다더군요. 푹신해서 공기를 많이 품을 수 있고 체온을 지키기 좋아 유용하다는 말을 보고, 온라인에서 몇천 원에 파는 구제 점퍼를 주문했습니다. 둘의 집에 넣어주니 과연 좋아하더라고요.

그러나 뿌듯함도 오래가지 못했습니다. 어느 날 꼬맹이의 은신처 안쪽을 들여다보니 점퍼가 감쪽같이 사라졌더라고요. 고양이가 직접 꺼내서 버렸을 리는 없고, 바람에 날려 사라질 수 있는 구조도 아니고, 지나가는 사람들이 쉽게 안쪽을 들여다볼 수도 없는 구조였는데도요. 누군가 안쪽이 궁금해서 들여다보았다가 점퍼를 발견하고 일부러 꺼내 가져갔다고밖엔 설명할 수 없는 일이었습니다. 점퍼만 사라졌을 뿐 스티로폼 방석 등 다른 충전재는 그대로 둔 걸 보면 해코지는 아니었을 것입니다. 그저 점퍼가 필요했던 것입니다.

\\\

'아니, 가져갈 게 없어서 길고양이 춥지 말라고 넣어둔 점퍼를 가져간담!'

처음엔 몹시 속상했는데, 생각해보니 그 점퍼가 아쉬울 정도로 형편이 어려운 사람이 가져간 것이려니 싶더군요. 그런 거라면 그가 직접 그 점퍼를 입든, 어딘가에 팔든 보탬이 되었을 것입니다. 가져간 사람의 마음도 편치는 않았을 테고요. 그래서 빨리 봄이나 오면 좋겠다고 생각하고 말았습니다.

겨울의 끝

꼬맹이가 다시 나타난 뽕나무 구역은 다시 평화로워졌습니다. 꼬맹이와 튼튼이는 아주 친하지도, 그렇다고 나쁘지도 않은 관계를 유지하고 있었습니다. 낮에 가보면 둘이 조금 떨어진 자리에 나란히 앉아 햇볕을 쬐고 있곤 했죠. 하지만 잠은 절대로 같이 자지 않더라고요. '함께 꼭 붙어 자면 더욱 따뜻할 텐데……' 생각했지만, 아무래도 그렇게 잘 정도로 친한 사이는 아니었던 거죠.

그러나 스티로폼과 방한 비닐, 겨울 점퍼 등으로 정비한 은신처도 정말 추운 한겨울의 기온을 견디기에는 턱없이 부족한 모양이어서, 여전히 유난히 추운 날이면 꼬맹이는 인근의 구옥에 들어가서 밤을 보내곤 했습니다. 처음엔 몰랐는데, 아무리 봐도 꼬맹이가 보이지 않아 "꼬맹아~ 꼬맹아~" 하고 부르며 다니니 어느 집 담장을 넘어 나오더라고요. 그 후로도 몹시 추운 날이면 꼬맹이는 그 집에서 자고 오곤 했는데, 남의 집이라서 담장 안쪽까지 넘겨다볼 순 없었으니 그저 '저 집 안쪽 어딘가에 꼬맹이가 추위를 견딜 만한 곳이 있나 보다' 짐작할 뿐이었습니다. 그 집에서 자고 온 날이면 꼬맹이의 콧잔등에는 검댕이가 묻어 있곤 했죠. 까맣게 변한 꼬맹이의 코를 보며 "어제 또 그 집에서 잤구나?" 물어보면 꼬맹이는 "냐~" 하고 몸을 뒹굴며 아양을 부렸습니다.

그러나 긴 겨울도 결국 지나갑니다. 뽕나무 구역에도 다시 봄이 왔고, 고양이들이 밖으로 나와 햇볕을 쬐는 시간도 길어졌죠. 그리고 완연한 봄이 온 어느 날 튼튼이가 은신처에서 좀 떨어진 풀밭에 누워 죽은 채로 발견되었습니다. 처음 이 구역에 나타난 날부터 건강하지는 않았던 튼튼이. 그래서 튼튼하라고 튼튼이란 이름을 지어준 튼튼이. 그래도 사료를 꼬박꼬박 잘 챙겨 먹으며 겨울을 두 번이나 나고 따뜻한 날 떠난 것이 다행이란 생각을 했습니다. 튼튼이의 은신처를 마법의 콩나무처럼 단장해주셨던 분과 함께 튼튼이의 사체를 수습하며, 그분도 저도 많이 울었습니다.

뽕나무 구역에는 꼬맹이 혼자 남았습니다.

까만 어미 놈의 결심

'까만 어미 놈'은 저희 집 근처 골목에 살던 고양이입니다. 녀석에게는 새끼가 한 마리 있었습니다. 고양이가 새끼를 한 마리만 낳았을 리는 없으니, 아마도 다른 새끼들은 일찍 죽은 것이겠죠. 까만 어미 놈은 그 새끼 한 마리를 애지중지 키웠습니다. 모성애가 어찌나 강하던지, 자기는 못 먹어서 비쩍 마른 녀석이 제가 주는 특별식을 바로 먹지 않고 꼬박꼬박 새끼에게 물어다 주더라고요. 정말 안쓰러울 지경이었습니다.

그러던 어느 날, 녀석은 제가 준 고기를 물고 돌아서는가 싶더니 문득 그 자리에 선 채로 고기를 꿀꺽 삼켰습니다. 자기도 먹어야겠다는 생각이 드디어 든 모양이었습니다.

'잘했다! 잘했어! 너도 먹어야지! 아주 잘했다!'

녀석을 응원하고 집에 돌아왔습니다. 그것이 어미가 새끼에게 정을 떼는 신호였다는 것을 미처 모른 채로요. 그날부터 어미는 새끼를 더 이상 거두지 않고 영역을 떠나 다른 골목으로 이동했습니다. 혼자 남은 새끼는 며칠이고 골목을 돌아다니며 어미를 애타게 불렀지만 어미의 결심은 단호했습니다.

까망베르와 베르베르와 베르나르

어느 날 동네의 소공원에서 까맣고 작은 고양이를 하나 보았습니다. 온몸이 까만데 가슴과 앞발에만 흰 털이 난 녀석이었죠. 눈이 어찌나 크고 반짝반짝 빛나며 다리는 또 얼마나 가늘고 긴지, 디즈니 만화에 등장하는 사슴이 나타난 것 같았죠. 그 고양이에겐 어쩐지 '까맣고 다리 긴 놈' 같은 이름을 지어주기가 미안해서 궁리 끝에 '까망베르'라는 이름을 지었습니다.

까망베르는 너무나 예쁜 외모를 가지고 있었기에 걱정되는 고양이였습니다. 못난이처럼 못생긴 고양이는 못생겼다고 구박을 받을까 봐, 까망베르처럼 유난히 예쁜 고양이는 또 너무 눈에 띄어 오히려 해를 입을까 봐 걱정이 되는 것입니다.

까망베르는 몸집이 작고 마른 편이었지만 기세는 등등했습니다. 그 구역에 살던 또 다른 녀석은 까망베르와는 반대로 흰 몸에 검은 무늬 털이 난 놈이었죠. 저는 그 고양이를 '베르베르'라 불렀습니다. 까망베르보다 덩치가 컸지만 서열은 낮은 게 확실했죠. 주로 까망베르가 앞장서고 베르베르가 그 뒤를 따라다녔습니다. 그리고 행여 베르베르가 뭐라도 먹으려고 먼저 나서면 까망베르가 앙칼지게 앞발을 날리더라고요.

'그렇게 멀쩡한 허우대를 하고 너는 왜 까망베르한테 밀리는 거니?'

몹시 궁금했지만, 고양이들만의 기세라는 게 있는 모양이죠. 그러나 늘 까망베르에게 구박을 받으며 지내는 것 같던 베르베르도 어느 순간 어깨를 펴는 날이 왔습니다. 자기보다 더 기가 약한 친구가 생긴 것입니다. 어느 날 제가 그 공원의 벤치에 앉아 있는데 베르베르와 그 녀석이 저를 엿보러 슬금슬금 다가오더라고요. 제가 빤히 쳐다보니 두 녀석이 더 이상 가까이 다가오진 못하고 우물쭈물하나 싶었는데, 그 순간 베르베르가 또 다른 놈의 등을 탁 밀었습니다. '네가 가서 보고 와!'란 듯 말이죠. 등을 떠밀린 고양이가 어찌나 놀라며 펄쩍 뛰던지, 그리고 다른 친구를 그렇게 떠미는 베르베르의 행동은 또 얼마나 웃기던지, 저는 크게 웃고 말았습니다.

등을 떠밀린 그 고양이에게는 '베르나르'란 이름을 붙여주었는데, 그래서 그 구역의 고양이들은 까망베르와 베르베르와 베르나르가 되었습니다. 제 딴에는 나름 센스를 부린다고 했지만 이름들이 영 정신없지 않나요? 고양이의 이름을 짓는 것은 왜 이렇게 어려운 걸까요? 이후로도 다른 고양이들에게 '레이스'며 '하늘이' 같은 제법 그럴듯한 이름을 지어주려 노력했으나, 결국 나중엔 뾰족한 아이디어도 떠오르지 않고 자포자기하는 심정이 되어 다시 '저 위에 살던 놈' 같은 이름들을 만들기 시작했답니다.

빈집

동네에는 빈집이 한 채 있었습니다. 사람이 살지 않은 지 오래된 채로 방치된 단층집이었죠. 창문도 깨져 있고 집 주위엔 수풀이 무성히 자랐습니다. 아무래도 집을 허물고 새로운 건물을 지으려는 계획이 계속 미뤄지는 모양이었습니다.

사람의 눈으로 보기엔 으스스한 폐가였지만 고양이들에겐 좋은 보금자리가 아닐 수 없었죠. 비바람을 피할 수 있고 사람들의 접근은 막을 수 있는 곳일 테니까요. 축대 위에서 그 집을 내려다보면 낮에는 고양이들이 지붕 위에 올라가 한가로이 햇볕을 쬐고 있곤 했습니다. 육아를 하기에도 좋은 곳이었는지, 그 집에서 새끼를 키우는 어미 고양이도 둘이나 보았답니다. 안으로 들어가 볼 수는 없어서 상상만 해야 했지만, 고양이들끼리 집 안을 적절히 나눠서 공유하고 있었을지도 모릅니다. '너희는 안방, 우리는 작은방' 하는 식으로요. 그야말로 '셰어하우스'인 셈이었을 것입니다.

그러나 그 집도 어느 날 헐리고 말았습니다. 포클레인 같은 중장비들이 모여들어 쿵쿵 소리를 내고, 낯선 이들이 와서 뚝딱거리기 시작했죠. 한창 집이 철거되고 있을 때 멀찍이 떨어져서 그 광경을 지켜보던 고양이가 있었습니다. 살던 보금자리가 느닷없이 사라지는 이상한 경험을 하는 중이었겠죠. 살기 좋은(?!) 집을 왜 저렇게 부수어야 하는지 고양이는 도저히 이해할 수 없었을 것입니다. 그저 멍하니 그쪽을 바라보던 고양이는 무슨 생각을 하고 있었을까요? 그 모습이 안쓰러워서 저도 한참을 지켜보았습니다.

도시의 고양이들은 인간들의 일정대로 움직이게 되는 걸까요? 살던 집이 철거되면 보금자리를 옮겨야 하고, 인간들이 퇴근해서 돌아오면 그들이 주차한 자동차 밑에서 몸을 녹일 수 있고, 일제히 음식물 쓰레기를 내놓는 바로 그날 봉지를 노릴 기회를 얻을 수 있는 것처럼 말입니다.

종종 쓰레기를 뒤지는 고양이들을 보게 됩니다. 비가 추적추적 내리는 날 아직 젖이 붙어 있는 어미가 쓰레기봉투를 유심히 살피고, 그런 어미를 새끼들이 따라다니는 광경을 보며 만감이 교차하던 기억이 납니다. 쓰레기봉투 뜯는 법을 새끼들에게 가르쳐야 한다는 듯 말이죠. 숲에 사는 녀석들이었다면 사냥하는 법을 가르치고 배웠을 텐데, 도심에 사는 녀석들이니 쓰레기봉투 뜯는 방법을 가르치고 배워야 하는 것이었습니다. 그 후로도 쓰레기봉투를 뜯는 고양이들을 볼 때면 '고양이도 환경에 따라 살게 되는구나'란 생각에 씁쓸한 심경이 되곤 합니다.

그냥 쓰레기가 아니야

빈집이 방치되어 있던 무렵, 그 집 주위엔 사람들이 몰래 버린 크고 작은 쓰레기들이 쌓였습니다. 어느 날 지나가다 보니 누가 버린 요가 매트 위에서 고양이 한 마리가 열심히 스크래칭을 하고 있더군요. 발톱으로 꾹 누르면 쑥 들어가는 재질이니 고양이가 뜯으며 놀기엔 아주 훌륭한 재질이었을 것입니다. 그 후로도 그 매트에서 고양이가 스크래칭하는 광경을 여러 번 보았답니다. '누가 이렇게 요긴한 걸 버렸을까? 이렇게 이렇게 뜯으면 되는데!'라고 하는 것 같아 웃음이 나오더군요.

사람들이 버린 물건은 때로 그렇게 고양이들에겐 요긴한 물건이 됩니다. 누군가 산책로에 버려놓은 의자에 앉아 잠을 청하죠. 스티로폼 택배 상자의 뚜껑은 훌륭한 방석이 됩니다. 빈 화분은 웅크리고 있기에 좋은 공간이고, 부서진 수납장은 몸을 숨길 수 있는 요새가 됩니다. 인터넷에서 본, 길 위에 버려진 커다란 곰 인형 위에 고양이가 천연덕스레 앉아 있는 사진은 제가 무척 좋아하는 사진입니다. 얼마나 푹신했을까요.

언젠가는 한밤에 밖에서 요란한 소리가 들려 내다보니 새끼 고양이 두 마리가 빈 참치 캔 하나를 두고 신나게 놀고 있었습니다. 캔을 핥느라 난리가 난 상태였는데, 새끼들에겐 참치 캔이란 '고소한 냄새가 사정없이 풍기고, 달려들면 데굴데굴 굴러다니는' 신기하고도 신통한 물건이었겠죠. 빈 캔을 두고 그러고 있는 것이 안쓰러워서 사료를 들고 나갔습니다. 얼마나 정신이 팔려 있던지 제가 가까이 가는 줄도 모르고 있다가 코앞에 가서야 알아채고 줄행랑치더라고요. 작업실에 돌아와 창문으로 지켜보니 그중 한 마리가 다시 돌아와 사료를 열심히 먹고 있었습니다.

그런데 저쪽에서 새끼들의 어미가 아닌 다른 어른 고양이가 걸어오는 게 보였습니다. 사료를 빼앗아 먹겠다고 새끼에게 해코지라도 하는 거 아닐까 해서 가슴을 졸이며 보았습니다. 그러나 어른 고양이는 허겁지겁 밥을 먹는 새끼 옆에 앉아서 그 모습을 한참 지켜보다가, 새끼가 밥을 다 먹고 떠난 후에야 일어나서 사료에 다가갔습니다.

양보 못 해

다 큰 어른 고양이가 새끼 고양이들을 배려하는 광경을 종종 볼 수 있습니다. 새끼들에게 사료 먹는 순서를 양보한 이웃 어른 고양이나, 꼬마에게 특식을 양보한 못난이처럼요. 어미가 자리를 비우고 새끼들만 있는 상황에서 다른 어른 고양이가 지나가며 새끼들과 마주칠 땐 몹시 조마조마한 마음으로 지켜보기도 했지만, 대개는 해코지하지 않고 그냥 두더라고요. 물론 모든 고양이가 그런 것은 아닙니다. 새끼라는 것을 봐주지 않고 무섭게 쫓아내는 녀석들도 있습니다. 저희 집 앞에 살던 '꼬리 잘린 놈'처럼요.

꼬맹이도 튼튼이를 봐준 것 말고는 딱히 너그럽다고 할 순 없었습니다. 어느 날 뽕나무 구역에 고양이 모녀가 나타났습니다. 어미 고양이와 새끼 고양이 딱 한 마리씩이었는데, 새끼를 데리고 다니는 모습이 측은해서 풀숲 한쪽에 사료를 놓아두었습니다. 꼬맹이의 식사 자리와는 한참 먼 곳이었는데도 꼬맹이는 굳이 달려와서 그 사료를 먹기 시작했습니다.

"꼬맹아, 네 밥은 저쪽에 있잖아. 이건 이 녀석들 먹으라고 하자."

그러나 꼬맹이는 아무도 건드리지 말라는 듯 "냥냥냥" 소리까지 내며 꾸역꾸역 그 밥을 먹었습니다. 힘없는 모녀는 그 기세에 밀릴 수밖에 없었죠. 그 후로도 몇 번 비슷한 일이 반복되자 모녀는 그 구역이 자기들이 살 곳이 아니라 생각했는지 자리를 뜨고 말았습니다.

"쟤들은 좀 봐주지 그랬어. 그렇게 싫었어?"

너무 야박하다 싶었지만 별수 없는 노릇이었습니다. 꼬맹이에게는 그 녀석들이 침입자였을 테죠. 그 후로도 꼬맹이가 다른 고양이들을 쫓아내는 광경을 여러 번 보았습니다. 낯선 녀석이 나타나면 무섭게 달려들어 멀리멀리 쫓아내고 돌아와야 직성이 풀리는 모양이었죠. 제 발밑에 누워 뒹굴거리며 애교를 부리다가도 침입자를 발견하곤 내쫓고 돌아오는 모습을 보면 영락없는 암사자였습니다. 그럴 때 꼬맹이의 눈빛은 매우 매서워서 다른 고양이를 보는 듯했답니다. 그러나 그렇게 해서 한 구역을 지킬 수 있었을 것입니다.

주택가의 덕목

길고양이들이 미움받는 이유 중 하나는 한밤의 울음소리일 것입니다. 아침 일찍 일어나 일하러 나가야 하는 사람들에게 고양이들의 울음소리를 무조건 참아달라고 말하기는 어려운 일입니다. 그래서 한밤에 어미를 찾는 새끼 고양이의 울음소리라도 들리면 마음속으로 하소연하게 됩니다. '너희 어미는 지금 잠깐 먹이를 구하러 나간 거란다. 그렇게 목 놓아 부르지 않아도 다시 돌아올 거야. 너희는 아직 모르겠지만, 되도록 조용히 있는 것이 주택가에서 살아남기에 유리한 덕목이란다' 하고 알려주고 싶지만 그럴 방법이 없습니다.

어미가 새끼들을 찾아서 우는 경우도 심심찮게 있습니다. 언젠가는 고양이 한 마리가 저희 빌라 주위를 돌며 밤새 울었는데, 아침에 보니 건물 안쪽 구석에 새끼들을 숨겨두었더라고요. 자기 딴에는 안전하다고 생각하는 곳으로 새끼들을 물어다 옮겨놓곤, 나간 사이에 출입문이 닫혀서 들어오지 못하고 밤새 운 것입니다. 얼마나 애가 탔을까요? 그날 이후로는 어미가 새끼를 찾을 때 내는 울음소리를 얼추 구별하게 되어서, 그런 소리가 들리면 밖으로 나가 살펴보곤 합니다.

어느 겨울에도 어미 고양이가 울며 돌아다니길래, 저도 어미와 함께 수색에 참여했답니다. 새끼들은 어느 빌라의 꼭대기 층에서 발견되었습니다. 둘이 의기투합해 계단을 신나게 올라가놓고는, 정작 내려오진 못하고 있는 모양이더군요. 그래서 한 마리씩 잡아 어미에게 데려다주어 이산가족 상봉을 시켜주었습니다.

이렇게 길고양이가 우는 것은 어미가 먹이를 구하러 자리를 비운 사이에 새끼들이 울거나, 반대로 새끼들을 찾아다니느라 어미가 울거나, 발정기에 짝을 찾느라, 혹은 영역 다툼을 위해 싸우는 경우가 많습니다. 그러기에 중성화 수술을 받은 녀석들이 우는 것은 그렇지 않은 경우에 비해 드문 편입니다.

그러나 예외인 상황도 있습니다. 길고양이들은 때로는 사람에게 직접 도움을 청하기 위해 웁니다. 처음 보는 녀석이 애절하게 울어대서 먹을 것을 주면 허겁지겁 먹는 모습을 몇 번이나 보았답니다. 대체 어쩌다 올라가게 된 건지, 그 높은 고가도로 교각 위에서 사람들을 내려다보며 울어댄 고양이도 있었습니다. 녀석은 자기를 올려다보는 사람이 보일 때마다 크게 울며 도움을 청하고 있었습니다. 그리고 이를 그냥 지나치지 않은 이들에 의해 무사히 구조되었습니다.

시끄러운 울음소리 때문에 잠을 설치는 것은 유쾌한 일이 아닙니다. 당장 내가 피곤한데 길고양이들의 사정을 헤아리기도 어려운 일이고요. 그러나 그럼에도 고양이들의 울음소리를 너무 미워하지 말아주시길, 그리고 여건이 된다면 혹시라도 도움이 필요한 상황은 아닌지 살펴봐주시길 조심스레 부탁드립니다. 우리는 팍팍한 삶을 사는 와중에도 다른 생물에게 너그러울 수 있는 존재이자, 마침 또 도움을 줄 수 있는 능력을 가진 존재이기도 하니까요.

\\\

내 체면을 생각해서라도

무척 궁금한 것 중 하나는 '고양이들은 어떻게 친구들을 데려오는가?'입니다. 분명히 한 녀석에게 밥을 주기 시작했는데, 다음에 만날 땐 또 다른 녀석을 끼고 있을 때 그런 생각이 들죠. 꿀벌은 꿀이 있는 곳을 동료들에게 알리는 춤을 춘다는데, 고양이에게도 '저쪽에 가면 먹을 것이 있으니 같이 가자'고 전달하는 행동이 있는 것일까요? 아니면 밥을 든든히 먹고 나타난 녀석을 본 다른 녀석이 '이상하네. 오늘따라 이 녀석의 행동이 느긋해 보이는군. 어쩐지 배고파하는 것 같지도 않고. 어라? 주둥이 주위에서 은은하게 풍기는 이 고소한 냄새는 뭐지? 아무래도 어디선가 맛있는 것을 먹고 온 모양인데! 이 녀석을 따라다니면 나도 얻어먹을 수 있을지 모른다……' 라는 추리를 해서 따라온 것일까요? 저로서는 알 수가 없습니다. 어쨌든 고양이들은 그렇게 밥을 먹을 수 있는 곳으로 친구를 데려오곤 합니다.

언젠가 산책로를 걷고 있는데 고양이 한 마리가 저를 발견하고 알은체를 했습니다. 예전에 제가 주는 밥을 먹다가, 이제는 다른 급식소에서 풍족하게 밥을 먹고 있는 녀석이었죠. 제가 밥을 준 것은 꽤 오래전 일이지만 그래도 저를 기억하고 있던 것이죠. 그런데 그 녀석이 제가 가는 길을 따라 졸졸 따라오며 자꾸 자신을 어필하는 게 아니겠어요? 가만 보니 녀석의 뒤쪽에 다른 고양이가 하나 더 있었습니다. 처음 보는 그 고양이는 제 앞으로 나서지는 못하고 거리를 유지하며 조심스레 이쪽 상황을 지켜보고 있더라고요.

"아하, 그러니까 네가 지금 나한테 먹을 것을 좀 달라 이거지? 친구한테 생색을 내고 싶다 이거지?"

그러고 보니 마치 '지금 저쪽에서 내 친구도 지켜보고 있는데, 내 체면을 생각해서라도 뭘 좀 주는 게 어떻겠어요?'라는 눈빛을 보내는 것 같았습니다. 그러나 그 순간 저는 고양이에게 줄 만한 것을 딱히 가지고 있지 않던 터라, 민망해하는 녀석을 뒤로하고 걸음을 옮길 수밖에 없었습니다. 뒤통수가 얼마나 따가웠는지 모릅니다.

\\\

위안

길고양이들에게 밥을 본격적으로 주기 시작한 무렵, 저는 개인적으로 썩 평탄하지 않은 날을 보내고 있었습니다. 돈벌이가 수월치 않았기에 고양이 사료를 꼬박꼬박 사는 것이 부담되지 않았다고는 말하지 못하겠습니다. 시간이 흐를수록 밥을 주는 곳이 늘었고, 사료가 소진되는 속도도 빨라졌기 때문입니다. 그럼에도 밥을 주는 것을 멈출 수 없던 것은, 어쩐지 고양이들의 마음을 잘 알 것 같았기 때문입니다. 배가 고픈데 아무리 돌아다녀도 먹을 것을 찾을 수 없어서 그냥 잠들어야 하는 심정이 어떨지 알 것 같았던 것이죠. 어느 날은 딱 한 번 사료를 준 녀석이 그다음에 저와 마주쳤을 때 용케 얼굴을 알아보고 쫓아오는 모습을 보며 울컥하기도 했답니다. '고양이도 이렇게 필사적으로 사는데, 나도 더 악착같이 살아야 하는 거 아닌가?'라는 생각이 들어서요.

한편 그렇게 고양이들을 챙기는 게 큰 위안이 되기도 했습니다. 당시의 제 상황은 형편없었습니다. 몇 년 동안 해오던 일은 희망이 안 보이고, 낮에 하는 그 일로는 돈이 벌리지 않으니 야간엔 투잡 알바를 하고 있었고, 오래전에 일하던 직종으로 돌아가자니 경력 단절 기간이 길었으며, 어딘가에 신입으로 들어가기엔 나이가 많은 상황이었죠. 무언가를 쌓아두지도 못하고, 그렇다고 딱히 희망이 있는 것 같지도 않은 처지라는 걸 떠올릴 때마다 의기소침했습니다. 그러나 고양이들을 돌보다 보면 문득 이런 생각이 드는 거였죠.

'적어도 이 세상에서 고양이 몇 마리는 나를 좋은 사람이라 기억한 채 세상을 뜨겠지. 그것으로 됐다.'

저에겐 그 사실이 정말 큰 위안이 되었습니다.

\\\

우리 집 길고양이

\\\

도심의 샘 하나

무더운 여름은 사람에게도 고양이에게도 힘듭니다. 사료만큼
이나 부지런히 물을 날라야 하죠. 덥고 지치는데 마실 물이 없
는 것은 얼마나 고통스러운 일일까요? 목이라도 축일 수 있다
면 더위를 이기는 데 한결 도움이 될 것입니다.

어느 해였습니다. 날이 본격적으로 더워지길래 물그릇을
놓아두는 자리를 한 곳 더 늘렸죠. 그리고 얼마 지나지 않아 새
들이 잘도 찾아와서 물그릇 주위에서 노닥거리는 광경을 볼
수 있었습니다. 물이 있다는 걸 대체 어떻게 알고들 왔을까요?
그냥 지나가다가 우연히 발견하고 쉬고 있던 것이었을까요?
신통방통한 일입니다. 녀석들을 보면서 마치 제가 도심에 샘
을 하나 판 듯한 기분이 들었습니다.

어머니의 마음이란

동네 주민들의 사랑을 받던 맨날 보는 놈이 어느 날부터 보이지 않았습니다. 어머니가 속상해하시는 것은 알았지만 '그 녀석이 안 보인 지 오늘로 OO일째 되었다'고 말하시는 것을 듣곤 '생각보다 더 속상해하시는구나' 했습니다. 날짜를 정확히 헤아리고 계셨던 것입니다. 어머니는 '그놈이 애교가 아주 많으니까 누가 데려가서 잘 키우고 있을 것'이라 말하곤 하셨습니다. 저도 부디 그런 해피엔드이길 빌었습니다.

맨날 보는 놈이 사라진 후에 어머니는 다른 고양이를 챙기셨는데요. 한번 배고픈 고양이의 존재를 인식하게 되면, 그렇게 또 다른 고양이가 눈에 띌 수밖에 없는 것이겠죠. 녀석은 동네 골목의 긴 계단 주변에서 사는 얼룩무늬 고양이였습니다. 저도 오가는 길에 본 적이 있는 녀석이었죠. 어머니는 종종 그 고양이 이야기를 꺼내셨답니다.

언젠가는 어머니가 걱정스러운 어조로 이렇게 말씀하셨어요.

"요즘 그놈이 부쩍 살이 빠지더라. 점점 야위는 게, 어디가 아픈 건 아닌지……."

그리고 며칠 후에 어머니의 부탁으로 제가 대신 녀석에게 밥을 주러 갔습니다. 그곳엔 제가 아는 한 가장 뚱뚱한 고양이가 기다리고 있었습니다.

동네 할머니 한 분도 처음엔 고양이를 탐탁지 않게 여기셨습니다. 할머니는 급식소 근처에 살고 계셨는데, 집 앞에 앉아 다른 할머니들과 담소를 나눌 때가 많았거든요. 분명히 당신은 고양이가 싫다고 하신 것이 몇 달 전이었는데, 어느 날 캣초딩들에게 통조림을 주고 계시는 게 아니겠어요? 제가 알은척하자 할머니는 말씀하셨습니다.

"생선도 어찌나 잘 먹는지 몰라."

저는 쿡쿡 웃으며 돌아섰답니다.

싸우는 고양이보다 말리는 내가

고양이들이 싸우는 광경을 보신 적이 있나요? 처음엔 서로 '으어~ 으어~' 울면서 입으로만 싸웁니다. 상대를 기선 제압하려는 것이죠. 그러다 한쪽이 잽싸게 멀리멀리 달아나면 다행이지만, 도망치는 것에 실패하거나 맞붙게 되면 사달이 납니다. 언젠가 엄청난 광경을 보았습니다. 고양이 두 마리가 뒤엉켜서 배를 물어뜯으며 공처럼 통통 날아다니는(?) 것입니다. 사방으로 털이 얼마나 날리는지, 오리털이 여기저기 날리는 것만 같았죠. 당장 그만두라고 소리쳤지만 저를 신경도 쓰지 않더군요.

그렇게 한창 싸우는 고양이를 떼어놓는 것은 몹시 어렵기 때문에, 말다툼하는 소리가 들리면 밖으로 나가 떼어놓으려 애썼습니다. 굳이 싸움을 말리는 이유는 두 가지였는데, 첫째로 다치는 고양이가 생기는 것을 원치 않았고, 둘째로 싸우는 소리가 시끄러워서 사람들이 고양이들을 더 미워할까 봐 염려

되었기 때문입니다. 그래서 집에 있다가도 싸우는 소리가 들린다 싶으면 장우산을 들고 잽싸게 밖으로 나갔는데요. 처음엔 우산꽂이가 현관 옆에 있어서 아무거나 잡히는 대로 들고 나간 거였지만, 꽤 유용하게 쓸 수 있더라고요. 일단 장우산을 흔들면서 다가가기만 해도 자리를 피하는 고양이들이 있습니다. 그래도 물러서지 않으면 우산으로 땅바닥을 탕탕 치면 되고요. 그러나 모든 고양이가 협조해주는 것은 아닙니다. 언젠가 만난 녀석은 싸움을 말리려는 저를 보며 오히려 매섭게 하악거리더라고요. 녀석의 기세에 제가 쪼그라들 정도였습니다.

아무튼 고양이들이 싸우는 소리를 듣고 나갈 때는 나름대로 다급하게 뛰쳐나가는 것이어서, 집에서 입는 목이 늘어난 티셔츠에 슬리퍼를 신고 까치집 머리를 하고 있을 때가 많았습니다. 거기에 우산을 휘두르며 고양이들에게 뭐라고 뭐라고 떠드는 모습이 이웃들이 보기에 썩 좋지는 않았을 것입니다. 어느 새벽엔 또 시끄러운 소리가 들려서 내다보니 작업실 앞 공터에서 두 수컷 고양이들이 대치 중이더군요. 잠시 후 조용해졌길래 싸움을 멈췄구나 싶어 다시 내다보니, 웬걸요. 싸움을 멈추긴커녕 둘이 부둥켜안고 싸우느라 조용해진 것이었습니다. 저러다 하나는 죽겠다 싶어서 장우산을 들고 뛰쳐나가 우산을 휘두른 순간, 버튼을 잘못 눌러 우산이 펑 하고 활짝 펴졌습니다. 그러건 말건 아랑곳 않고 뒤엉켜서 싸우는 고양이들 옆에서 급한 대로 펼쳐진 우산을 흔들면서, 이웃들이 보고 있다면 어떻게 생각할까 오만 생각이 다 들더군요.

언젠가 〈TV 동물농장〉을 보는데, 한집에 살면서 매일같이 싸우는 고양이들이 나왔습니다. 둘이 그렇게 싸우고 있으면 또 다른 고양이가 달려와 둘을 말리곤 하더라고요. 그런데 그다음 장면이 기가 막혔습니다. 혈액검사로 스트레스 지수를 측정하니, 만날 싸우는 놈들은 의외로 스트레스 지수가 그리 높지 않더라고요. 그러나 곁에서 만날 말리던 놈은 어마어마하게 높은 점수가 나왔습니다. 세상에! 제가 그 '말리는 놈'에게 얼마나 공감하며 보았는지 모릅니다.

용감하구나

어느 날, 산책을 하다가 몸이 뻐근해 멈춰 서서 잠깐 스트레칭을 했습니다. 그런데 바로 옆에 주차된 차 밑에서 고양이가 위협하는 울음소리가 들리는 거예요. 아마도 또 어느 놈들끼리 싸우나 보다 싶어서 발을 구르며 "저리 가!" 했죠. 그런데 달아나는 녀석은 없고 위협하는 소리만 계속 들렸습니다. 그래서 슬쩍 들여다보니 대치 중인 놈들은 없고 고양이 한 녀석이 저를 보며 소리를 내고 있었습니다. 이게 무슨 상황인가 해서 가만 보니 차 밑에 어린 고양이가 한 마리 더 있더라고요. 울음소리를 낸 고양이가 그 어린 고양이의 어미이고, 제가 스트레칭을 한답시고 새끼 근처에서 얼씬거리고 있으니 저리 가라고 경고를 한 모양이었습니다. 상황을 파악한 저는 잽싸게 자리를 피했습니다.

언젠가 태수와 함께 산책을 할 때도 비슷한 일이 있었는데요. 산책로를 걷고 있을 뿐이었는데 갑자기 근처 풀숲에서 고양이 한 마리가 큰 소리를 내며 태수에게 달려든 것입니다. 다행히도 제가 크게 고함치며 끼어들어서 고양이가 방향을 돌려 달아났지만, 하마터면 정말 큰일이 날 뻔했습니다. 고양이가 이유 없이 먼저 덤비는 일은 좀처럼 일어나지 않는 일이라 무척 당황스러웠는데, 아니나 다를까 풀숲에 새끼 고양이들이 있더라고요. 어미 딴에는 낯선 사람과 개가 다가서는 상황이 무척 위험하게 느껴졌고, 그래서 다짜고짜 달려든 모양이었습니다. 그러니 새끼와 함께 있는 어미 고양이를 발견하면 되도록 가까이 가지 말고 지나치는 것이 좋습니다.

두 경우 모두 그렇지만, 생각해보면 어미가 참 안쓰러운 일입니다. 아니, 자기들이 저에게 경고를 하면 어쩔 것이고, 달려들면 어쩔 것인가요? 인간이 자기보다 크고 강하다는 것을 알면서도 그렇게 경고를 하고 달려드는 어미들은 무슨 심정이었을까요?

비슷한 감정을 느낀 일이 또 있었습니다. 어느 날, 산책을 하고 돌아오는데 집 근처에서 고양이가 위협할 때 내는 울음소리가 들렸습니다. 어디에서 나는 소리인지 둘러보니 화단 한쪽에서 어른 고양이 한 마리와 새끼 고양이 한 마리가 마주 보고 있더군요. 아무래도 어른 고양이가 새끼를 괴롭힌 모양이었습니다.

며칠 후에 집에 있을 때, 다시 그 소리가 들렸습니다. 그때 그 어른 고양이가 다시 또 새끼를 괴롭히고 있는 것 같아서 밖으로 나갔죠. 역시나 두 고양이가 마주 보고 있는 참이었습니다. 그러나 제 추측과는 정반대로, 위협하는 울음을 내는 쪽이 새끼였답니다. 세상에, 새끼 고양이가 그렇게 우렁차게 위협하는 소리를 낼 수 있는 줄 몰랐습니다. 저를 발견한 어른 고양이가 자리를 피해 저만치 가버렸는데도, 새끼는 분이 안 풀린다는 듯 그쪽을 보며 열심히 화를 냈습니다.

'어미는 어디 가고 혼자 그렇게 싸우고 있담? 그리고 어떻게 그렇게 용감할 수 있담?'

태어난 지 얼마 안 된 새끼 고양이. 그 작은 몸으로 세상에 혼자 남았으니 얼마나 무서울까요? 저는 이 나이에, 이 몸집을 하고서도 세상이 무서운데요. 그런데 그 콩알만 한 녀석이 당당하게 어른 고양이에게 큰소리칠 줄 알다니 대단합니다. 하지만 그놈이 그러고 싶어서 그러는 것은 아닐 테죠. 선택할 수 있는 권한이 주어진다면 고함치는 것 대신 어미에게 어리광 부리며 노는 것을 택하지 않겠어요? 기특하면서도 불쌍하고, 대견하면서도 안타깝고. 그 새끼 고양이를 보면서도 몹시 복잡한 마음이 되고 말았습니다.

\\\

사냥

길고양이들이 밥을 주는 사람에게 생쥐며 새 같은 것을 물어다 주었다는 이야기를 종종 접합니다. 제가 아는 분도 평소에 친하게 지내던 길고양이가 새끼 쥐를 물고 와서 놀라셨다고 해요. 딴에는 선물이라고 가져온 모양이지만, 졸지에 작은 동물의 사체를 접해야 하는 사람 입장에서는 무척 당혹스러운 일일 것입니다. 잠깐 다른 이야기를 하자면, 어릴 적에 읽은 전래동화 중에 호랑이가 사람에게 은혜를 갚겠다며 노루며 토끼같은 동물들을 잡아 집 앞에 던져두었다는 이야기가 있었는데요. 커서 생각해보니 어쩌면 실제로 한번쯤 있던 일에 살이 붙고 붙어 그런 이야기가 된 것은 아닐까 싶었습니다. 호랑이도 고양잇과 동물이긴 하니까요.

아무튼, 다행히 저는 아직 그런 선물을 받아본 적은 없답니다. 다만 제 앞에서 꼬맹이가 사냥하는 광경을 지켜본 적은 있는데요. 어느 밤, 제 앞에서 한창 애교를 부리던 꼬맹이가 갑자기 나무 위로 뛰어올라갔습니다. 수직으로 자라는 나무 위로 어떻게 그리도 높이 뛰어오를 수 있는지 놀라웠죠. 왜 그러니 했는데, 나방을 잡은 것이었습니다. 어두운 밤에 그 멀리 있는 나방을 발견했다니 그것도 놀라운 일이었죠. 그 순간 땅에 떨어진 나방이, 제 눈에는 독수리보다도 크게 보였습니다. 꼬맹이는 한껏 의기양양했고요. 고양이들이 사냥의 명수라는 사실을 새삼스레 상기할 수 있었죠.

그러나 사냥에 언제나 성공하는 것은 아닙니다. 언젠가 숲을 산책하다가 갑자기 "꾸꿔꿱!" 울음과 함께 '푸드다닥!' 하는 소리가 나서 화들짝 놀랐는데요. 무슨 소동인가 했더니, 고양이 한 마리가 꿩을 잡으려다가 놓친 모양이었습니다. 놀란 꿩은 나무 위로 높이 날아올라 한숨 돌리고 있었고, 거기까지 올라갈 순 없는 고양이는 시무룩한 기색으로 배를 깔고 앉아 있었죠. 제가 쳐다보니 '굳이 놀리지는 말아달라'는 듯 눈을 감고 고개를 쓱 돌리더군요.

까치처럼 패기 넘치는 새에게 맥을 못 추는 모습을 보기도 합니다. 어느 날 마주친 청소년 고양이도 그랬습니다. 사람과 함께 산책 나온 백구를 피해 은행나무 위로 후다닥 올라가놓고는, 내려오지도 못하고 쩔쩔매고 있었습니다. 그러나 그 나무에 까치둥지라도 있었는지, 까치들이 혼비백산해서 난리가 났었죠. 당장 내려가라고 깍깍 울면서 고양이를 공격하는 까치들과, 내려오지 못해 울상인 고양이 때문에 시끌시끌했답니다. 시간이 한참 지나고 나서야 고양이는 용기를 내어 나무에서 내려왔습니다. 혼자서도 내려올 수 있다는 사실을 알게 되었으니, 다음에는 더 쉽게 내려올 수 있을 것입니다.

기꺼이 드리겠습니다

제가 살던 동네에는 고양이들을 챙기는 사람들이 많아서였는
지, 저를 처음 보는데도 먹을 것은 없는지 당당히 요구하는 고
양이들을 만나곤 했습니다. 주로 저희 개와 함께 다닐 때 그러
던 것을 보면, 고양이들 나름대로 '개와 다니는 사람은 고양이
에게도 호의적일 가능성이 높다'는 빅 데이터를 가진 게 아닐
까 생각하기도 했답니다. 사람처럼 고양이도 혼자 있는 녀석
보다는 여럿이 몰려다니는 놈들이 더 용감합니다. 어느 날은
고양이 두 마리가 나란히 울면서 알은체를 하길래 가방에서 사
료를 꺼내 주었더니, 그걸 확인하자마자 더 크게 울면서 아우
성을 치는 거예요. '다 줬으면 빨리 꺼져라! 우리 영역에서 나가
라!'고 하는 듯 말입니다. 기가 막혀서 잽싸게 도망쳤습니다.

　이런 일도 있었습니다. 분식집에서 떡볶이와 튀김을 포장
해 집으로 돌아오는 길이었죠. 몹시 배가 고팠기 때문에 튀김
을 하나씩 집어먹으면서 왔는데요. 기름 냄새가 아주 고소했

나 봅니다. 고양이 우는 소리에 돌아보니 무려 세 마리가 골목 한쪽에서 고개를 빼꼼 내밀고 "어떻게 너 혼자 먹을 수 있냐!" 라고 호통치듯 크게 울어대더라고요. 기가 막혀서!(라고 말하면 서 가방에 들어 있던 사료를 꺼내 주었습니다.)

언젠가는 꿈을 꾸었는데요. 어미 고양이 한 마리가 저에게 다가와 한국어로 "혹시 도대체 씨인가요?" 하고 조심스럽게 묻는 꿈이었습니다. 한참 떨어진 저쪽에선 새끼 고양이가 이 쪽을 지켜보고요. 제가 '그렇다'고 하자 어미는 몹시 기쁜 기색 으로 새끼에게 달려가며 이렇게 말했습니다.

"됐어, 이제 됐다!"

앞으로 먹을 것 걱정은 하지 않아도 된다는 듯 말입니다. 잠에서 깨고는 어이가 없었습니다. 꿈에서조차 호구가 되다 니, 기가 막혀서! 하지만 역시나, 기꺼이 드릴 수밖에요.

고양이님!

뽕나무 구역에는 여러 그루의 뽕나무 외에도 오래된 단풍나무며 배롱나무처럼 키 큰 나무들부터, 사철나무며 무궁화 같은 비교적 작은 나무들까지 골고루 우거졌습니다. 어찌나 울창한지, 한여름에도 그곳에 가면 나무 그늘 덕에 시원함을 느낄 수 있을 정도였죠. 그래서 꼬맹이를 보는 김에 한참을 돌의자에 앉아 쉬다 오곤 했답니다. 그러고 있으면 꼬맹이는 제 다리 사이를 오가며 몸을 비비거나, 바닥에 뒹굴거리며 만족스러워하곤 했습니다. 햇볕이 화창한 날, 시원한 나무 그늘 아래 개, 고양이와 함께 앉아 있다 보면 '내가 운 좋게 천국에 간다면 맞이할 상황이 이런 것이겠군' 하는 생각이 들기도 했습니다. 그럴 때면 천국을 미리 경험하고 있는 것 같아 즐겁기도 했고요. 꼬맹이가 제 두 발 사이에 가만히 앉아 있을 때면 '이 고양이가 나를 믿는다……!'란 생각에 가슴이 두근거리기도 했습니다.

당시의 제 형편은 썩 좋지 않아서 한숨이 나올 지경이었지만, 인간사의 기준을 적용할 때 형편없다는 것일 뿐, 춥고 더운 밖에서 혼자 살아야 하는 꼬맹이보다는 아무래도 낫지 않겠어요? 어쩌면 그렇게 늘 기죽지 않고 당당할 수 있는지. 또 그렇게 뒹굴거리며 여유를 부릴 수 있는지. 그런 것이 몹시 대단하게 여겨졌습니다. 진눈깨비가 몰아치는 궂은 날씨라 걱정하면서 가보았더니 씩씩하게 밖을 뛰어다니며 이 풀 저 풀 씹어 먹으며 놀고 있을 때는 감탄사가 절로 나오더라고요. 제가 저의 성격 그대로 고양이로 태어난다면 도저히 그렇게 살 수 없을 것 같았죠. 그래서 그 무렵의 저는 한가로이 노는 꼬맹이를 보며 가상의 선문답을 주고받는 날이 많았습니다. 이런 식이었죠.

—

"고양이님, 인생이 지금 여기서 더 나아지지 않을 거란 생각이 든대도 계속해서 살아가야 하는 걸까요?"

"(앞발을 핥으며) 저리 가. 고양이는 그런 질문에 일일이 대답하지 않아서 행복한 거야."

—

"(한참 하소연을 늘어놓은 후) 고양이님, 고양이님은 제 말에 동의하시죠? 고양이님은 제 마음을 알아주실 거라 믿습니다."

\\\

"(뒹굴거리며) 인간은 왜 남의 동의를 구하느라 구차해지는 거야? 나는 누워 있기 바쁘니 어서 가도록 해."

–

"(답답한 세계정세에 관한 기사를 보고) 고양이님. 세계는 그야말로 엉망진창입니다. 어쩌면 좋습니까?"

"(하품을 하며) 내가 알 바 아니다!"

–

"(침통한 표정으로) 고양이님, 인간으로 태어나 너무 힘이 듭니다. 저는 왜 고양이로 태어나지 못한 것입니까?"

"(호통을 치며) 내가 알 게 뭐냐고!"

좋아해줘

고양이들은 대체로 개를 피해 다니고, 꼬맹이도 마찬가지였습니다. 제 발밑에 앉아 쉬다가도 다른 개가 나타나면 그 개가 우리 앞을 지나쳐 멀리 갈 때까지 풀숲에 숨어 있다가 나오곤 했죠. 그러나 저희 개 태수만큼은 무서워하지 않았습니다. 태수가 무척 순한 개라는 사실은 일찌감치 눈치챈 모양이었죠. 오히려 태수를 좋아하는 듯, 종종 작정하고선 걸어가는 태수의 앞으로 달려가 그 앞에 드러누워 애교를 부리기도 했답니다. 개 앞에 누워 뒹굴거리는 꼬맹이를 보고 있으면 꼭 '내가 이렇게 하면 다들 좋아하니까'라고 생각하는 것 같았죠.

하지만 태수는 늘 '어림없다'는 태도를 취했습니다. 꼬맹이가 아무리 애교를 부려도 못 본 척 휙 몸을 돌려 다른 곳으로 가버렸죠. 그러나 꼬맹이도 만만치 않았습니다. 태수가 돌의자에 엎드려 쉬고 있으면 꼬맹이가 폴짝 뛰어 의자 위로 올라와 태수 옆에 앉았죠. 너무 들이대면 태수가 벌떡 일어나 내려가버린다는 사실을 깨달은 후로, 꼬맹이는 슬쩍 엉덩이만 붙이고 앉는다거나, 태수의 몸에 꼬리만 살짝 가져다 대는 식으로 애정을 표현하곤 했습니다. 그러거나 말거나 태수는 변함없이 꼬맹이에게 무심했지만, 지켜보는 제 마음은 살살 녹으면서 '고양이는 요물'이란 말이 왜 나왔는지 알 것 같기도 했답니다.

그러나 끈기 있게 천천히 태수와 친해지려 애쓰던 꼬맹이도 어느 날 폭발(?)하고 말았습니다. 그날도 산책하는 태수 앞에 꼬맹이가 드러누워 이리저리 뒹굴며 아양을 떨던 참이었는데요. 여느 날처럼 태수가 무시하고 방향을 틀자, 꼬맹이가 '정말 너무하네!'란 듯이 앞발로 태수를 한 대 치려 든 것이죠. 너무 놀랐지만, 다행히 그 후로도 꼬맹이는 태수에게 늘 깍듯한 태도를 유지했습니다. 나중에는 태수에게 머리를 비비며 인사하는 단계까지 되었는데, 태수는 여전히 꼬맹이를 썩 반기지 않았지만 인사는 대충 받아주는 사이가 되고 있었습니다.

보이지 않을 때까지 우두커니

시간이 흐를수록 저와 꼬맹이는 점점 더 가까운 사이가 되고 있었지만, 함께 살 엄두는 내지 못하고 있었습니다. 저는 이미 저희 개 태수를 키우면서 반려동물을 들이는 것에 얼마나 큰 책임과 의무가 따르는지 알던 참이어서요. 마음속으로 '이 개가 나의 마지막 반려동물이다. 내 인생에서 더 이상의 동물은 없다'고 다짐한 것도 여러 번이었고요.

꼬맹이를 데려올 만한 환경이 되지 않는다는 것도 선뜻 나서지 못한 이유였습니다. 저는 수년간 해온 일에 실패해 빈털터리가 되어 이런저런 아르바이트를 하던 참이었는데, 그런 형편에 가족과 함께 사는 집으로 고양이를 데려온다고 할 수가 없었습니다. 그러나 책상과 책장이 전부인 작은 분리형 원룸을 작업실로 얻은 후에도 엄두가 나지 않는 건 마찬가지였습니다. 너른 뽕나무 구역을 뛰어다니던 꼬맹이를 그렇게 좁은 방에 들인다면 오히려 불행할 것 같았기 때문입니다. 그래서 제 발밑에 누워 골골거리는 꼬맹이를 쓰다듬으며 이렇게 말한 적도 여러 번입니다.

"꼬맹아. 언니가 너를 데려가고 싶은데 그럴 형편이 안 돼. 언니가 열심히 일해서 돈 많이 벌게. 그래서 좀 넓은 집을 구해 볼 테니까 조금만 기다려. 알았지?"

글로 쓰고 있자니 몹시 궁상맞은 이야기인데, 실제로는 더욱 궁상맞았답니다. 저런 말을 하면서 운 적도 있거든요. 아마도 꼬맹이에게 하는 말인 동시에 저의 신세 한탄이기도 했기 때문일 것입니다. 그렇게 꼬맹이를 쓰다듬다가 일어나면, 꼬맹이는 뽕나무 구역에서 가장 높은 지대, 그러니까 주위를 가장 잘 내려다볼 수 있는 지점에 앉아서 집으로 향하는 저의 뒷모습을 바라보곤 했습니다. 저와 태수가 보이지 않을 때까지 우두커니 앉아 있는 꼬맹이를 뒤로하고 뽕나무 구역을 벗어날 때마다 마음 한쪽을 떼어놓고 오는 기분이었습니다. '사랑받을 수 있다는 사실만 알게 하고, 누리지는 못하게 하고 있는 건 아닐까?' 하는 생각이 들었기 때문입니다.

세상의 저편

동네 한쪽에 자리한 성벽의 안쪽은 숲이 대부분이어서 겨울을 나거나 먹을 것을 구하기 썩 쉽지 않은 환경이었습니다. 그래서 숨을 곳이 많고 먹이를 구하기가 그나마 나은 성벽 바깥쪽에 사는 고양이들은 굳이 높은 성벽을 올라 건너편으로 갈 이유가 없었습니다.

꼬맹이가 사는 뽕나무 구역도 성벽 바깥의 한 곳에 자리하고 있었습니다. 그곳에서는 아침에 저 멀리 빌딩 숲 위로 해가 뜨는 광경을 볼 수 있었지만, 성벽 때문에 해가 지는 풍경은 볼 수 없었답니다. 꼬맹이는 매일같이 떠오른 해가 어디로 가는지 알지 못하고, 어느 순간 어두워지는 경험을 반복하고 있을 터였습니다. 과연 고양이의 생각이 거기까지 미쳤을지 알 수 없는 노릇이지만, 저는 그 사실이 어쩐지 안타깝게 느껴지곤 했는데요. 해 질 무렵 꼬맹이를 찾아갔을 때 이윽고 주위가 어두워지고 세상이 컴컴해지기 시작하면, 꼬맹이에게 이런 말을 늘어놓고는 했습니다.

"꼬맹아. 너는 세상이 왜 어두워지는지 모르지. 네가 아침에 본 해가 지금 저쪽 하늘로 진 건데. 너는 평생 해가 뜨는 풍경만 보고 있지만, 저 건너편에선 매일 해가 지고 있거든. 너는 이쪽이 세상의 전부인 줄 알고 살고 있지만 사실은 아니라는 거지."

그런 말을 하며 우쭐거리고 있으면 어쩐지 세상이 넓다는 걸 모르는 꼬맹이가 가엾게 느껴지다가도, 이어서 '내 신세는 뭐가 다른가' 생각하게 되는 것이었습니다. 성벽 저쪽에도, 길 건너 저편에도, 저 멀리 보이는 빌딩 숲 너머에도, 심지어 강 건너 바다 건너에도 세상이 있다는 걸 알고 있을 뿐, 매일 똑같은 길만 오가며 살고 있는 건 저도 마찬가지였으니까요.

겨울집 단장

겨울은 참 잘도 돌아옵니다. 다른 캣맘에게 꼬맹이의 은신처를 겨울집으로 단장하는 방법을 배운 후로, 저도 겨울집 단장을 반복하며 저만의 기술을 조금씩 발전시키고 있었습니다. 날이 쌀쌀해지면서부터는 주택가에 사람들이 버리려고 내놓은 스티로폼 박스가 없는지 살피면서 돌아다녔는데, 나무 데크로 된 꼬맹이의 집에 스티로폼 상자의 뚜껑을 덮고 그 위에 단열재와 방풍 비닐을 덮으면 그런대로 괜찮은 겨울집을 만들수 있었거든요. 이왕이면 커다란 뚜껑이면 좋고, 또 생선처럼 냄새가 강한 식품을 담지는 않아야 했기에 제 마음에 꼭 드는 것을 찾는 게 쉽지는 않은 일이었습니다.

어느 겨울은 그야말로 '심봤다!' 외치고 싶은 것을 발견했습니다. 동네에 있는 갤러리에서 아마도 전시 때 사용했다가 철거했을 두툼한 아이소핑크를 잔뜩 버린 거였습니다. 커터 칼을 들고 기웃거리는 제 모습이 수상해 보였는지 갤러리 직원이 밖으로 나왔고, 이걸 가져가도 되는지 물으니 좋다고 하시더라고요. 신이 나서 그것들을 가져와 꼬맹이의 집을 단장하는 데 썼습니다. 그해 겨울 꼬맹이의 집은 조금 더 따뜻할 수 있었죠.

스티로폼이든 아이소핑크든 그런 것을 데크 위에 놓아두고, 단열재며 비닐을 그 위에 덮고, 그것들이 바람에 날아가지 않게 도와줄 커다란 돌들을 주워 오고, 꼬맹이가 드나들 출입구가 되어줄 구멍을 뚫고…… 그런 작업을 하다 보면 허리가 아픕니다. 제가 작업하고 있으면 꼬맹이는 '부산스러운 건 영 싫다'는 듯 밖으로 나와 어슬렁거리거나 풀밭을 뛰어다니며 놀고는 했습니다. 어느 해엔 세 시간에 걸쳐 작업을 다 하고 허리를 폈더니 눈앞에 눈송이가 하나둘 날리기 시작해, '눈이 오기 전에 단장해서 다행이다'라는 생각과 동시에 '내가 왜 이 짓을 하는 거지?'란 생각이 들어 헛웃음이 나오기도 했는데요. 단장된 집이 마음에 들었는지 그 안으로 쏙 들어가는 꼬맹이를 보며 마음이 사르르 녹았습니다. 잘 자리 잡았는지 궁금해 비닐로 만든 출입문을 들춰 안을 들여다보자 꼬맹이가 '다 끝났으면 생색은 그만 내고 어서 가라!'는 듯 주먹을 휘둘렀지만요.

"이 녀석아! 너 좋으라고 이 고생을 했는데 주먹을 휘둘러?"

호통을 쳐봤자 아무 소용 없습니다. 호통을 치는 저조차 기분은 좋은 상태였기 때문입니다.

본격적으로 추워지면서부터는 은신처 안에 핫 팩을 넣어주는데요. 핫 팩을 흔들어 발열이 시작되게 한 다음, 고양이가 저온 화상을 입지 않도록 수면 양말 안에 넣어서 줍니다. 기온이 많이 내려간 날이면 어제 넣어둔 핫 팩을 오늘 꺼내 만져봐도 이미 차갑게 식은 경우가 많습니다. 그래도 몇 시간이나마 따뜻함을 느낄 수 있게 꼬박꼬박 넣어주는 것이죠. 핫 팩을 갈아주려면 은신처 안에 있는 꼬맹이를 잠깐 바깥으로 불러내야 했는데, 그럴 때마다 꼬맹이는 순순히 따라주었습니다. 그런 꼬맹이를 보면서 '과연 이 고양이가, 내가 이렇게 부스럭거리는 것과 수면 양말이 다시 따뜻해지는 것의 인과관계를 이해하고 있을 것인가? 아니면 그냥 내가 귀찮게 하고 있다고 여길 것인가?'란 의문이 들곤 했습니다. 하지만 역시 그런 의문을 가져봐야 별 소용은 없습니다. 고양이가 제 공로(?)를 알든 모르든 어차피 핫 팩은 계속 넣어줄 것이기 때문입니다.

그렇게 튼튼하게 만들어준 겨울집을 꼬맹이가 다른 고양이에게 빼앗길 뻔하기도 했습니다. 꼬맹이가 집에 들어가 있지 않은 것을 보고 의아했는데, 가만 보니 처음 보는 녀석이 그 안에 떡하니 들어가 있는 것입니다. 제가 그 녀석을 쫓는다고 다시 돌아오지 않을 거란 보장도 없고, 그대로 두자니 날은 너무 춥고……. 그래서 급하게 꼬맹이의 임시 거처를 만들었습니다. 한집에 썼던 보온재를 두 집으로 나눠 다시 꾸몄으니 공평하게 추워졌겠지만, 둘 다 그런대로 그날 밤은 날 수 있을 듯했습니다. 한밤중에 비닐을 옮기고 스티로폼을 옮기고 난리를 떨다가 옆을 보니 꼬맹이는 뭐가 그리 신나는지 나무 사이를 뛰어다니며 발톱을 갈고 있었답니다.

다음은 그날 제가 기록한 메모입니다.

'집에 와서 한밤의 난리굿에 대해 이야기하니, 엄마는 엄마가 신경 쓰는 고양이 걱정을 한다. 사람의 마음속엔 각자의 고양이가 있지. 그리고 그들은 사람이 자기들을 신경 쓰고 걱정하게 만든다. 누군가를 걱정하기 시작했다는 건 말려들기 시작했다는 것…….'

\\\

아아,
새 여러분께
알립니다!

간밤에
눈이 왔는데요

고양이 급식소 앞에
분주하게 찍힌
이 발자국들이 무엇인지

새 여러분의
적극적인 해명이
필요할 듯합니다!

아무도 모르게

추위가 한창 계속되던 겨울날이었습니다. 꼬맹이가 보이지 않았습니다. 오늘은 다른 데크 안에 들어가 있나 해서 들여다본 저는 깜짝 놀랐습니다. 데크의 가장 안쪽에 처음 보는 고양이가 엎드려 있었기 때문입니다. 온몸이 회색인 녀석이 눈을 감고 잠들어 있었습니다. 그러나 어쩐지 기분이 이상해, 데크 윗면을 통통 두드려보았습니다. 녀석은 꼼짝도 하지 않았습니다. 그곳에서 세상을 뜬 것입니다. 대체 어디에서 흘러온 녀석일까요? 자기가 살던 영역에서 밀려나 이 구역에 발을 디뎠던 것일까요? 낯선 곳을 헤매다가 추위를 피할 수 있을 듯 보이는 데크 아래를 발견했고, 그 안에 숨어들어 몸을 뉘었지만, 끝내 숨이 다한 것인지도요.

　저 혼자 데크를 들어낼 수 없어서 구청에 신고해 데크를 들어내고 사체를 수습했습니다. 달려온 인부 두 분은 '이 안에 있는 걸 어떻게 알고 신고했느냐?'면서 신기해하더군요. 그러게요. 일부러 들여다보지 않았다면 저도 고양이가 죽은 것을 알지 못한 채 그 길을 오갔을 것입니다. 그리고 아마 그간 제가 목격한 죽음보다 그런 식으로 모르고 지나친 죽음이 훨씬 많을 거란 걸 생각하게 되었습니다. 고단한 길 생활을 했을 녀석이 부디 마지막 순간에는 편안히 눈을 감았기를 빌었습니다.

수상한 기색

그 무렵 꼬맹이에겐 이상한 기색이 보였습니다. 은신처에 들어가지 않고 밖을 헤매고 있던 것입니다. 은신처에 들어가면 안 될 이유라도 있는 것처럼 좀처럼 들어가지 못하고 쉴 새 없이 주위를 두리번거리더군요. 다른 고양이가 은신처를 빼앗은 건 아닌가 싶어 핸드폰 플래시를 켜서 안을 들여다보았으나 다른 녀석은 없었습니다. 가만 보니 콧잔등엔 할퀸 상처도 있었습니다. 꼬맹이가 좀처럼 긴장을 풀지 못하는 듯해, 이제 안전하다는 것을 보여주려고 은신처 앞에 한참을 앉아 있었습니다. 그랬더니 결국 조심스레 들어가더라고요. 대체 무슨 일이 생긴 건지 궁금한 마음과 걱정되는 마음으로 자리를 떴습니다. 꼬맹이가 금방 뛰쳐나오는 건 아닐까 싶어 자꾸만 뒤를 돌아보며 돌아왔습니다.

그날

다음 날, 걱정되는 마음으로 뽕나무 구역으로 갔으나 꼬맹이
는 역시나 은신처가 아닌 다른 데크에 있었습니다. 그러나 잠
깐 나와서 얼굴만 보여주고 다시 쏙 들어가서는, 아무리 불러
도 나오지 않고 오히려 더 깊이 들어가는 거였습니다. 아무래
도 다른 고양이한테서든 사람한테서든 충격을 받을 만큼 된통
당한 일이 있던 모양이었습니다. 그러는 이유가 있을 것 같아
물과 사료만 갈아주고 며칠 지켜보기로 했습니다.

그러나 집으로 돌아와서도 제 마음은 뽕나무 구역에 가 있
었습니다. 제가 없는 사이에 또 누군가에게 공격당하는 건 아
닐지 걱정되어서 집에 있을 수가 없더라고요. 결국 그날 저는
뽕나무 구역에 몇 번을 더 가보았습니다. 갈 때마다 '큰일났다'
싶던 것이, 이번엔 아예 제 구역도 아닌 곳에 숨어서 부르는 소
리에 겨우 대답만 하더니, 그다음에 다시 갔을 때 영역에서 더
욱 떨어진 어느 건물 앞 하수구 아래에 들어가 있는 게 아니겠

어요? 하수구 아래에 숨어서 제가 불러도 나오지 못하고 숨죽이고 있는 꼬맹이를 보니 억장이 무너졌습니다. 곧 어두워질 참이었고, 일기예보에서는 다음 날 아침에 영하 10도까지 기온이 내려간다고 했죠. 은신처가 아닌 곳에서 하루만 자도 얼어 죽을 수 있겠다는 생각이 들었습니다.

'오늘 이 친구가 죽을지도 모른다. 오늘 이후로 다시는 못 보게 될지도 모른다.'

저는 집으로 달려갔습니다. 지갑을 챙겨 들고 다시 돌아오니 꼬맹이는 그새 하수구에서도 나와 또 어디론가 사라진 상태였습니다.

"꼬맹아! 꼬맹!"

떨리는 목소리로 불러대니 이번에는 또 다른 곳에 숨어 있던 꼬맹이가 크게 울면서 달려 나왔습니다.

"어디 가지 말고 기다려, 꼬맹아. 금방 올게."

평소에 저희 개가 다니던 동물 병원으로 달려가 고양이 화장실용 모래와 이동장을 사서 좀 전에 꼬맹이를 만났던 곳으로 돌아왔습니다. 그사이 이미 해는 져서 어두워졌죠. 꼬맹이를 부르자 이번엔 어느 집 마당 안쪽에서 나와 저에게 달려왔습니다.

"냐아아아앙!"

그때 꼬맹이의 울음소리를 그대로 옮길 수 없지만, 제가 다시 와서 다행이라는 듯 어찌나 서럽게 울어대던지요. 날이 너무 추워서인지 목소리도 많이 갈라진 상태여서, '울부짖는다'는 표현이 어울릴 정도였습니다. 그렇게 울며 달려와 제 다리에 몸을 비비는 꼬맹이를 안아 이동장에 넣는 동안에도 꼬맹이는 얌전했습니다. 혹시라도 반항해 놓치면 영영 못 보게 되는 건 아닐까 염려했던 것이 무색할 정도였습니다.

"꼬맹, 언니랑 같이 가자."

이동장을 안고 걷기 시작했습니다. 그제야 상황 파악이 되었는지 꼬맹이가 동네가 떠나가라 울기 시작했습니다. 누가 보아도 제가 고양이를 데리고 가는 중이라는 걸 모를 수 없게요.

작업실로 가는 동안 온갖 생각이 머리에 떠올라 뒤죽박죽이 되고 있었습니다.

'오랫동안 길고양이로 살아온 꼬맹이가 과연 실내 생활에 적응할 수 있을까? 너른 뽕나무 구역에 비하면 좁디좁은 작업 실을 답답해하지 않을까? 내가 괜한 짓을 하고 있는 건 아닐까? 꼬맹이를 데려가는 게 정말 잘하는 짓일까?'

그러나 머리에 떠오른 오만 생각 중에서 '지금 데려가지 않으면 이 녀석은 죽는다'보다 더 큰 자리를 차지하는 생각은 없었기에, 이동장이 싫다고 고래고래 외치는 꼬맹이를 데리고 언덕길을 달려 잽싸게 작업실로 돌아왔습니다.

에라, 모르겠다

일단 작업실에만 들어오면 긴박한 상황은 종료될 줄 알았던 저의 생각은 틀렸습니다. 작업실 바닥에 이동장을 내려놓고 문을 열자 꼬맹이는 후다닥 달려 나와 책장 뒤로 들어갔습니다. 작업실에 습기가 많았기에 곰팡이가 슬까 봐 책장을 벽과 떨어트려 놓은 상태였는데, 그 틈으로 들어간 것입니다. 그리고는 좀 전처럼 울기 시작했습니다. 일단 이동장에서 나오기만 하면 더는 울지 않을 거라 멋대로 예상한 게 빗나간 것입니다.

"어으! 어으!"

'큰일이다……!'

예상 밖의 상황에 당황했지만 그대로 두는 수밖에 없었습니다. 그렇게 책장 뒤에 웅크리고 앉아 한참을 울던 꼬맹이가 어느 순간 조용해져서 엿보니 꾸벅꾸벅 졸고 있더군요. 추운 바깥에 있다가 실내로 들어와 뜨끈한 온돌 위에 앉아 있으니 노곤했을 것입니다. 그 노곤함이 불안함을 이긴 것이겠죠.

꼬맹이를 혼자 두고 집에 갈 수 없어서 저도 작업실 바닥에 누웠습니다. 제가 무슨 짓을 한 건가 싶어 한숨이 나왔습니다. 분명히 제 남은 삶에 반려동물은 태수가 마지막이라고 다짐했었는데요. 생명을 책임지는 일이 얼마나 무거운지 안다면서 이렇게 덜컥 데려오다니, 그것도 이 좁은 공간에! 만감이 교차하더라고요. 그러나 제 머릿속엔 조금 전에 제가 이름을 부르자 '왜 이제 왔느냐'는 듯 울부짖으며 달려오던 꼬맹이의 울음소리가 떠나지 않았습니다. 그래서 그날은 결국 이런 생각을 하며 잠든 것 같습니다.

'에라, 모르겠다.'

어두워져도 너는 안전해

자고 일어났더니 꼬맹이는 밤사이에 책장 뒤에서 나와 다른 책장의 맨 아래 칸에 들어가 있었습니다. 책이 몇 권 꽂혀 있는 칸에 비좁게 끼어 있는 것을 보고 그 칸의 책을 다 꺼내 자리를 만들어주었습니다. 바닥에는 제 카디건도 깔아주고요. 여전히 겁도 나고 심기도 불편한데 잠은 계속 오는지, 종일 꾸벅꾸벅 졸더라고요. 늦은 오후가 되어서야 피로도 풀리고 용기도 좀 생겼는지 책장을 나와 책상 밑으로도 들어가 보고, 고개를 갸웃거리며 방 안을 둘러보기도 하더군요. 방바닥에 누워서 조심스레 뒹굴어보기도 했고요.

태수와의 대면식도 무사히 끝났습니다. 바깥에서 알고 지낸 사이여선지 큰 소동은 없이 지나갔어요. 착한 태수는 책장 칸에 앉아 있는 꼬맹이를 발견하고 눈이 휘둥그레 커졌지만, 꼬맹이에게는 아무 항의도 못하고 저에게만 네댓 번 짖고 말았습니다. '이게 대체 무슨 일이야? 왜 쟤가 여기에 있는 건데?'라는 듯이요.

　그러고는 마치 원래부터 실내 생활을 했던 고양이인 것처럼 잘 지내기 시작했습니다. '밖에서 자유롭게 살던 고양이를 데려와서 더 불행하게 만드는 건 아닐까?' 생각했던 것이 민망할 정도로요. 뜨끈한 방바닥은 얼마나 좋아하고, 푹신한 이불은 또 얼마나 좋아하는지. 편히 쉬는 꼬맹이를 볼 때마다 '이렇게 따뜻하고 포근한 걸 좋아하는데, 어떻게 밖에서 살았을까?' 하는 생각이 들었습니다.

　낮에는 잘 있다가도 밤에 자려고 불을 끄면 울면서 돌아다니는 문제도 있었지만, 두어달쯤 걸렸을까요? 곧 '어두워져도 괜찮다, 아무 일도 일어나지 않는다'는 사실을 눈치챈 듯 조용히 자기 시작했습니다. 그렇습니다. 꼬맹이는 이제 안전해졌습니다.

횡재지, 횡재야

꼬맹이를 좋아하는 분들이 많았기 때문에, 갑자기 사라진 것을 걱정하는 분도 있을 것 같아 꼬맹이의 밥자리엔 이런 쪽지를 붙여놓았습니다.

'안녕! 나는 여기 살던 노랑 고양이.

내가 나이를 먹고 영역 다툼에서 밀리는 것 같다면서 평소에 나를 따르던 인간 하나가 나를 모셔가겠대.

예의 바르게 모시지 않으면 크게 호통쳐줄 테니까 내 걱정은 마.

이 집은 다른 불쌍한 야옹이가 쓸 수 있게 겨울이 끝날 때까지 남겨줘.

밥이랑 물도 종종 주면 어느 야옹이가 맛있게 먹고 고마워할 거야.

인간들아! 모두 고마웠어.

길고양이로 태어났지만 덕분에 외롭지 않았어.'

동네 할머니 한 분도 저와 마주칠 때마다 꼬맹이의 안부를 물으셨습니다. 주로 이런 대화가 반복되었답니다.

대화1)

"고양인 잘 있고?"

"네. 잘 있어요."

"그렇겠지. 횡재지, 횡재야. 얼마나 좋을겨. 참말 잘했지."

대화2)

"고양인 잘 있고?"

"네."

"집 밖으로 나간다고는 안 해?"

"네. 안 그래요."

"즤도 좋은 걸 아는 거지. 그래. 집에서 살아야지."

대화3)

"고양인 잘 있고?"

"네."

"그놈이 얼마나 좋을겨. 참말로 편하다고 하겠지. 이게 웬 횡재냐 하고 있을겨."

"ㅋㅋㅋㅋㅋ"

\\\

"죄도 반성을 많이 하고 있을겨. 내가 왜 밖에서 살았는가

하고……."

운동기구파의 시련

노랑이와 까망이와 똘망이. 이렇게 셋이 몇 년이나 잘 살고 있던 운동기구파 영역은 어느 날 큰 위기를 맞이했습니다. 수십 미터 떨어진 곳에서 살던 어린 고양이 하나가 운동기구파의 영역까지 내려와 활보하기 시작한 것입니다. 그래 봐야 이제 갓 성묘가 된 녀석이어서 크게 걱정하지 않았지만, 그것은 착각이었습니다. 녀석이 등장하자 운동기구파 멤버들은 어어, 하는 사이에 다른 곳으로 밀려나버리고 만 것입니다. 그나마 다행인 것은 이들이 밀려난 곳이 고양이들에게 호의적인 분들이 운영하는 가게 앞이었다는 것이어서, 먹을 것 걱정은 하지 않아도 되어 보였다는 것이었는데요. 그것 역시 저의 착각이었다는 것을 곧 알게 되었습니다. 영역을 빼앗긴 멤버들은 그곳에서도 다른 고양이들에게 밀리는지 하루가 다르게 쇠약해지는가 싶더니, 밀려난 곳에서도 금세 자취를 감추고 말았습니다.

저에겐 무척 큰 트라우마가 된 사건이었습니다. 멤버들을 영역에서 몰아낸 어린 녀석이 몹시 원망스러웠지만, 그 녀석은 자기 삶을 사는 것일 뿐이니 저의 원망은 타당하지 않았죠. 마음 한쪽에서는 '미워하면 안 된다'는 생각을 하면서도, 미운 마음이 드는 것은 어쩔 수 없었습니다. 고양이들이 자기 영역에서 내쫓기는 순간 얼마나 빨리 힘을 잃고 자취를 감추게 되는지 알게 된 이 사건은, 꼬맹이가 영역에서 밀리는 듯 보였을 때 재빨리 데려오게 된 계기가 되기도 했답니다. 아직도 운동기구파 세 녀석의 마지막을 생각하면 눈물이 나옵니다.

털밭을 뒹굴며

저는 이미 개와 함께 살고 있었지만, 평소에 털 때문에 신경을 쓸 일은 별로 없었습니다. 견종마다 다르다는데, 저희 개는 털이 그리 많이 빠지지 않는 편이거든요. 1년에 한 번 정도 돌아오는 털갈이 기간을 제외하면, 오히려 사람의 머리카락이 더 많이 바닥에 떨어져 있을 정도입니다. 그래서 꼬맹이를 데려오고 처음엔 털 때문에 정말 놀랐습니다. 솔직한 심정을 그대로 옮기자면 '큰일 났다⋯⋯'였답니다. 어떻게 그렇게까지 털이 빠질 수 있는지, 그런데 또 몸에는 털이 빼곡하게 붙어 있을 수 있는지! 대체 고양이의 털은 얼마나 빠른 속도로 자란다는 말인가요. 작업실 곳곳에 날아다니는 꼬맹이의 털을 보면서 '인류는 고양이와 함께 살기 시작한 시점부터 본격적인 청소를 했을지도 모른다'는 생각까지 할 정도였습니다.

털을 '뿜으면서' 다니기 때문인지, 꼬맹이가 다가가면 공기 청정기가 윙윙 소리를 내며 작동하곤 했는데요. 좁은 방 안에 있는 몇 안 되는 가전이기 때문인지, 아니면 자기가 다가갈 때마다 소리를 내는 것이 기특해서인지는 모르겠지만, 꼬맹이는 공기청정기를 좋아하는 듯 보였습니다. 수시로 머리를 문지르며 자기 냄새를 묻혀 두더라고요. 그런 꼬맹이를 보며 '꼬맹아, 네가 다가갈 때마다 공기청정기가 소리를 내는 건 네가 좋아서가 아니란다. 하지만 네가 좋으면 됐다……' 같은 생각을 하곤 했습니다.

꼬맹이와 함께 산 지 1년쯤 지났을 때였을 것입니다. 택시 기사님과 대화하다가 고양이 이야기가 나왔습니다. 고양이는 털이 많이 빠지지 않는지 묻더라고요. 그래서 가만히 생각해보니, 요즘엔 털이 덜 빠지고 있더라고요. 종종 빗질을 해주기 때문인지, 밖에서 지낼 때보다 영양 상태가 좋아서인지는 모르겠지만 아무튼 처음보다는 덜 빠지는 게 분명했습니다. 그래서 그렇게 대답하고, 그 후로도 또 다른 사람들이 물어보면 "처음보다는 확실히 덜 빠진다"고 대답하고 있지만, 마음속 깊은 곳에서는 이런 물음이 잔잔하게 들려오곤 합니다.

'정말일까? 그냥 내가 익숙해진 것 아닐까? 오늘도 얼굴에서 고양이 털을 떼어냈고, 청소기 먼지 통에서도 털이 한가득 나왔고, 빨래 건조기 거름망에서도 털을 잔뜩 꺼냈는데……'

\\\

이사 결심

꼬맹이는 작업실에서 사는 것에 잘 적응하고 있었습니다. 단한 번도 밖에 나가고 싶다고 조른 적이 없었습니다. 창문을 열어두면 그 앞에 앉아 바깥 풍경을 관찰하곤 했지만, 어쩐지 밖에 나가면 얼마나 고생하며 살아야 하는지 잘 알고 있는 것만 같았고, 실내 생활에 만족하는 듯 보이기도 했답니다.

그러나 작업실 공간이 너무 좁은 것이 계속 마음에 걸렸습니다. 고양이에게는 수직 공간과 숨을 곳이 중요하다기에 캣타워와 숨숨집도 마련해주었지만, 꼬맹이가 살던 뽕나무 구역이 워낙 넓고 탁 트인 곳이었기에 아무래도 답답하지 않을까란 마음이 있었답니다. 그리고 제가 작업실과 집을 오가며 생활하고 있으니, 작업실을 비웠을 때 혼자 있는 시간이 길어지는 것이 마음에 걸리기도 했고요.

집에 갔다가 작업실로 향할 때 작업실 건물을 보면 꼬맹이가 늘 창문 앞에 앉아 밖을 내다보고 있었습니다. 저는 꼬맹이가 알아보기 쉽게 팔을 번쩍 들어 손을 크게 흔들곤 했는데, 그러면 꼬맹이는 창문 아래로 후다닥 내려가는 거였죠. 저라는 걸 알아보고 마중 나올 채비를 하는 거였습니다. 나름대로 저희 둘만의 의식처럼 자리 잡은 즐거운 순간이었지만, 반대로 다른 곳에 가야 하는데 작업실 앞을 지나쳐야 할 때면 몹시 난감한 일이기도 했죠. 그래서 그럴 때면 작업실 앞을 지나치지 않으려고 다른 길로 빙 둘러 가기도 했답니다.

그런 한편 저희 개 태수에게는 제가 평소보다 작업실에 더 오랜 시간 머물게 된 것이 못마땅한 일이었을 것입니다. 그래서 작업실로 데려가면, 자기가 피할 수도 없는 곳에 고양이 녀석이 떡하니 자리를 차지하고 있다고 생각할 것이었고요.

그러던 중에 큰 변화가 찾아왔습니다. 오랫동안 살던 동네를 떠나 아예 다른 곳으로 이사하게 된 것입니다. 마침내 계약을 하고 이사 날짜를 잡아놓자 복잡한 심정이 되더라고요. 다행히 제가 밥을 주던 고양이 급식소들은 원래 알고 지내던 다른 캣맘이 맡아주시기로 했습니다. 고양이들을 챙기다가 이사를 한 적이 있는 분들이라면 그게 얼마나 고마우면서도 미안한 마음이 드는 일인지 아실 것입니다. 무거운 짐을 다른 분에게 넘기는 기분이거든요.

　동네의 고양이들을 더 볼 수 없다고 생각하니 그것노 서운했습니다. 그동안 제가 정들었던 고양이들은 많이 자취를 감추었고, 새로운 녀석들이 그 자리를 채운 상황이 되었습니다만, 못난이 같은 녀석은 여전히 자기 영역을 지키고 있었습니다. 어미를 잃은 새끼들을 거두어 제 자식처럼 데리고 다니던 착한 고양이 말입니다. 그러나 못난이도 처음 보았을 때의 그 좋은 풍채는 어디론가 가버리고, 나이가 꽤 들어서인지 점점 살이 빠지고 있었습니다. 어느 저녁이었습니다. 못난이가 골목 계단 위에 앉아 하나둘 불이 켜지는 건너편 주택가를 가만히 내려다보고 있었습니다. 그 뒷모습을 보며, 이 착한 고양이의 노년이 부디 평화롭길 빌었습니다.

사람 하나 개 하나 고양이 둘

사람에게도 동물에게도 이사는 힘든 일입니다. 태수야 자동차를 종종 타본 적이 있으니 이동장에 들어가 이사하는 중에도 의연했지만, 꼬맹이는 무척이나 무서웠던 모양입니다. 나중에 보니 이동장 안에 오줌도 조금 누었더라고요. 얼마나 겁에 질렸으면 그랬을까요. 이사한 첫날부터 밤이면 집 안 곳곳을 돌아다니며 울기 시작했는데, 작업실에 처음 왔을 때도 그렇게 울다가 점점 조용해졌다는 걸 떠올리며 괜찮아지리라 믿었답니다. 천만다행으로, 시간이 좀 지나자 밤에도 울지 않고 조용히 자기 시작하더라고요.

저희 개 태수 역시 가족들과 함께 지내온 집을 떠나 낯선 곳에서 살게 된 상황을 낯설어하는 눈치였지만, 그래도 새집과 새 산책로에 적응하며 하루하루를 보내고 있었습니다. 꼬맹이가 밤에 조용히 잘 자고, 아무 일도 없는데 혼자 신나서 방바닥을 굴러다니는 걸 보며 '아, 드디어 여기를 영역으로 받아

들였구나' 싶었다면, 태수는 산책을 나갔다가 제 발로 집 쪽으로 돌아올 때 그런 생각이 들었답니다. 마침내 새집을 '돌아올 곳'이라 생각한 것이지요.

　여하간 태수와 꼬맹이와 저, 이렇게 서로 다른 종(種) 하나씩 모인 세 식구는 새로운 동네, 새로운 집에서 각자 적응하며 살기 시작한 참이었습니다.

사라진 꼬리

이사하고 얼마 지나지 않은 날이었습니다. 저는 이사 준비를 하며 스트레스가 컸는지 복통이 심해져, 예전에 살던 동네 근처의 병원에서 검사 하나를 받았는데요. 결과를 들으러 병원에 다시 가는 김에, 본가에 태수를 데리고 갔답니다. 아직 새집에 혼자 있는 것에 익숙하지 않은 상태였기에, 병원에 가 있는 동안 본가에 맡기기 위해서였답니다. 태수를 맡기고 병원에 갔다가 다시 집에 돌아가고 있는데, 저쪽에서 동네 할머니 한 분이 저를 보고 반갑게 손을 흔드셨습니다.

"춘식이 봤어! 춘식이가 아까 여기 왔었어!"

할머니의 말씀이 무슨 뜻인지 이해가 되지 않았습니다. 춘식이는 누구이고, 저에게 왜 그런 말씀을 하시는 건지요. 그래서 무슨 말씀이냐고 되묻자 할머니가 안경을 고쳐 쓰며 말하셨습니다.

"아아, 다른 사람인 줄 알고. 모자를 쓰고 댕기니까 다른 사람인 줄 알았어. 저기 고양이 밥 주는 아가씨인 줄 알고."

"아, 그분이요? 무슨 일 있으세요?"

"그 아가씨가 춘식이가 안 보여서 걱정했는데, 내가 아까 봤거든. 그래서 말해주느라고."

"춘식이가 누군데요?"

"춘식이 몰라? 여기 사는 고양이 있잖아. 왜 까만색에 흰색에. 왔다 갔다 하는 놈."

이야기를 들으니 할머니가 저를 보며 착각한 사람은 고양이들을 계속 돌봐주기로 하신 캣맘이었고, 춘식이란 고양이는 제가 '못난이'라 부르던 녀석인 듯했습니다. 핸드폰에 있던 못난이 사진을 할머니에게 보여드리니 맞다고 하시더라고요.

그냥 요 며칠 잘 안 보이던 고양이를 걱정한 상황이구나 생각하려는 참에, 할머니가 끔찍한 이야기를 꺼내셨습니다. 엊그제 누군가 할머니의 집 옆에 있는 급식소 근처에 고양이 꼬리를 던져두었다는 것입니다. 꼬리의 단면을 보아 사고로 잘린 것이 아니라 누군가 일부러 자른 듯 보였고, 색깔로 보아 못난이, 그러니까 그분들이 '춘식이'로 부르는 고양이의 꼬리인 것 같았다고요. 그런 가운데 통 보이지 않아 걱정하던 차에, 할머니가 발견하셨다는 것입니다.

"그래서 그 녀석 꼬리가 맞았나요? 꼬리를 보셨어요?"
"보려고 했는데 차 밑에 숨어서 안 보이더라고. 꼬리가 있는 것도 같았는데 잘 안 보였구먼."

너무나 끔찍한 일이었습니다. 그날 본가에서 집으로 돌아가는 길에 급식소 주위를 살피는 캣맘과 마주쳤고, 못난이를 찾으면 연락해달라 부탁하고 헤어졌습니다.

착하게 살았으면 복을 받아야지

며칠이 지나 캣맘에게 연락이 왔습니다. 못난이가 다시 급식소 주위에 나타났다고 합니다. 그러나 꼬리가 심하게 훼손된 상태였습니다. 캣맘이 찍어 보낸 사진을 보니 꼬리 전체의 피부가 벗겨진 듯, 마치 쥐꼬리처럼 말라 있었습니다. 꼬리가 그렇게 됐으니 얼마나 아플지 상상도 되지 않았습니다. 누군가 꼬리에 올무 같은 것을 걸어 잡으려 했으나, 필사적으로 발버둥쳐서 간신히 빠져나온 모양이었습니다. 다행히 목숨은 건졌으나 그 꼬리를 하고 다닐 수는 없는 노릇이었습니다. 고통도 고통이지만, 상처 부위의 면적이 넓어 언제 감염되어 패혈증이 올지 모를 상황이었죠. 하루빨리 구조를 해야 할 상황이었습니다. 캣맘과 통화를 하다가 이 말을 기어이 꺼내고 말았습니다.

"일단 구조하시면 제가 임시 보호하고 있을게요."
"그러시겠어요?"

이 말을 꺼내는 게 얼마나 어려운 일이었는지 고백해야겠습니다. 동물 구조와 보호에 적극적으로 나서는 **훌륭한 분들**이 많지만, 저는 그렇게 대단한 사람이 아니기 때문입니다. 가뜩이나 이사한 지 얼마 되지 않아 꼬맹이도 아직 적응을 다 못한 상황에서, 고양이 한 마리를 더 데려오는 것이 맞는지 확신이 가지 않았습니다. 둘이 싸우지 않고 잘 지내라는 보장도 없었고요. 심지어 몸을 다친 고양이니 보살피는 것도 만만치 않을 것 같았고, 말이 '임시 보호'지 나이 든 성묘가 어딘가에 입양되는 것이 얼마나 어려운 일인지 알고 있었습니다. 자칫하다가는 제가 계속 데리고 있게 될 상황도 염두에 두어야 했죠. 이래저래 생각해보아도 '안타까운 일이긴 하지만 할 수 없다, 내가 감당하기엔 어렵다' 싶었습니다.

그러나 어린 새끼들을 거두어 데리고 다니던 못난이의 모습이 눈앞에 아른거렸습니다. 몇 년이나 보아온, 착하고 순한 못난이. 그런 못난이가 이렇게 험한 꼴을 당하다니 기가 막혔습니다. 아무리 생각해도 그런 일이 일어나서는 안 되는 거였습니다.

'착하게 살았으면 복을 받아야 하는 거 아닌가?'

제가 돕는다면 그렇게 해줄 수 있을 것 같았습니다. 결국 꼬맹이를 데려왔을 때처럼 '에라 모르겠다' 하는 마음이 되어, 못난이를 임시 보호하겠다고 말해버리고 말았습니다.

기쁜 전화

이사한 집에는 매우 작은 방이 있어서, 저는 그 방을 옷방 겸 창고로 쓰려던 참이었습니다. 그러나 못난이의 임시 보호를 앞두고 방에 있던 행거와 서랍장 등을 다 꺼내 방을 비워두었습니다. 만약에 구조해서 데리고 있게 된다면 처음에는 태수, 꼬맹이와 격리하는 것이 좋을 듯했기 때문입니다. 옷방에서 빼낸 행거와 짐들은 작업실 용도로 쓰려던 방으로 옮겨놓아 몹시 어수선한 광경이 되고 말았는데요. 심란한 제 마음도 모르고, 꼬맹이는 숨을 곳이 많아져서 신난다는 듯 행거 사이를 오가며 놀고 있었습니다.

그러나 못난이는 쉽게 잡혀주지 않는 상황이었습니다. 그렇게 험한 일을 당했으니 경계가 심한 것이 당연한 일이겠죠. 그물이며 '드롭 트랩' 같은 포획용 도구들을 알아보았지만 못난이를 잡기에 적절한 것이 쉽게 눈에 띄지 않았습니다. 그렇게 하염없이 시간만 흐르던 중 캣맘에게 전화가 왔습니다. 만약에 못난이를 잡게 되면 '임보'할 생각이 여전히 있는지 확인하기 위해서였죠. 아무래도 장기전이 될 것 같은데, 그러다가 마음이 바뀌어 못난이를 맡아줄 사람이 없어지면 캣맘도 곤란해지는 일이니까요. 여전히 임보할 생각이 있다고 대답했습니다만, 못난이의 구조가 빨리 이뤄지지는 않을 것 같다는 생각에 일단 행거들을 다시 옷방으로 옮겨놓았습니다.

다음 날 저녁이 되어갈 무렵, 태수와 산책을 하고 있을 때였습니다. 캣맘에게서 전화가 걸려왔습니다. 전화를 받자마자 그분의 환호성이 들렸습니다.

"춘식이 잡았어요!"

착한 태수야

캣맘의 전화를 받고 저는 부리나케 집으로 달려가, 옷방에 넣어뒀던 행거들을 다시 다른 방으로 옮겨놓았습니다. 바로 전날 행거들을 넣어두었는데 '어허, 성급하게 판단했구먼!' 하고 마치 꾸짖기라도 하듯 바로 못난이가 잡혀준 것을 생각하니 헛웃음이 나왔습니다. 그리고 못난이가 이동 중이라는 동물병원으로 향했습니다.

병원 로비에는 못난이를 구조한 캣맘과 캣대디가 기다리고 있었습니다. 어떻게 잡았는가 했더니, 캣닢을 먹고 헤롱헤롱 취한 틈을 타서 잽싸게 잡을 수 있었다고 합니다. 어쩐지 그것마저 못난이다운 결과인 것 같아 웃음이 나왔습니다.

이윽고 못난이의 수술이 시작되었고, 수술은 밤 11시가 되어서야 끝났습니다. 꼬리의 상처가 심해서 모두 절제하는 수술을 해야 했다고 합니다. 마취를 한 김에 상한 이빨의 발치도

해주셨고요. 동물 병원 의사 선생님은 어떻게 이런 짓을 할 수 있냐며 몇 번이고 탄식하셨습니다.

아직 마취가 덜 풀려서 몸을 잘 가누지 못하는 못난이를 데리고 집으로 돌아왔습니다. 비워둔 방 한쪽에 케이지를 내려놓고 문을 열어두었습니다. 한쪽엔 사료와 물을 놓아두고, 또 다른 한쪽엔 화장실을 놓아두었죠. 한숨 돌리고 보니 자정이 지나 있었습니다. 그제야 밥을 대충 먹을 수 있었습니다. 수술이 끝나기를 기다리는 동안 저도 지쳐 있었고, 저와 동행한 태수도 지쳐 있었습니다. 태수는 이번에도 그 모든 과정을 지켜보면서 단 한 번도 짖지 않았습니다.

"착한 태수야. 네가 착해서 손해 보는구나."

착하고 순한 개여서 원치 않던 고양이 동생을 둘이나 두게 된 태수에게 한없이 미안한 마음이 들었습니다. 그 마음은 지금도 마찬가지입니다.

한편 꼬맹이는 집에 다른 고양이가 들어온 줄도 모르고 있었습니다. 그렇게 첫날밤이 지나갔습니다.

\\\

밥과 약은 꼬박꼬박

다음 날 아침에 확인하니 못난이는 밤사이에 물 한 그릇을 다 마셔놓은 상태였습니다. 마취에서 깨어나니 목이 많이 말랐던 모양입니다. 화장실 모래에 오줌도 누었는데, 그 아픈 와중에도 화장실을 가린 것이 대견하더군요. 다만 밖에서 볼일을 보고 파던 흙과 고양이 전용 모래의 질감이 많이 달라서인지, 힘 조절을 하지 못해 온 방 안에 모래를 뿌려놓았더라고요. 모래를 파서 흩뿌린 광경만 보면 천하장사가 따로 없었습니다.

'약은 어찌 먹여야 하나' 걱정하던 것도 비교적 쉽게 해결되었습니다. 츄르에 약을 타서 숟가락을 내미니 날름날름 다 받아먹은 것입니다. 며칠이 지나 혼자서 냉정히 생각해보니 저를 멀리해야겠다고 판단됐는지 더는 숟가락의 약을 받아먹지 않았는데, 그래도 통조림에 약을 타서 놓고 자리를 비우면 싹싹 핥아먹었기에 약 먹이는 고생은 하지 않을 수 있었습니다. 약 냄새가 나면 그 좋아하는 츄르도 한동안 거부하는 꼬맹이를 생각하면 그 점은 무척 다행인 일이었습니다. 정말이지 식욕왕 못난이였습니다.

한편 꼬맹이도 드디어 집에 다른 고양이가 들어왔다는 것을 알게 되었는데, 예상 외로 아무렇지도 않았습니다. 그냥 '저기에 저런 애가 있구나' 하는 느낌이었달까요? 반응이 너무 덤덤해서 당황스러울 정도였답니다. 저는 못난이에게 '해치지 않는다. 나는 친고양이파(派)다'라는 메시지를 전해주고 싶은 마음에, 못난이가 있는 방 한쪽에 누워서 자는 척을 하곤 했는데요. 그러고 있을 때마다 꼬맹이가 제 옆에 와서 뒹굴며 아양을 부린 덕을 조금 본 것도 같습니다. 그래서 저도 못난이가 보는 앞에서 더 열심히 꼬맹이를 쓰다듬었답니다.

그러나 낮에는 조용히 잠을 자던 못난이도 밤만 되면 울기 시작했습니다. 느닷없이 꼬리를 잘리고 낯선 곳에 있게 되었으니 울음이 나오지 않으면 이상한 일이었을 것입니다. 우는 것을 멈추고 조용해졌다가도 밖에서 길고양이들이 우는 소리가 들리면 다시 또 크게 울더라고요. 마치 동족들에게 "나 여기에 있어, 나를 도와줘!"라고 도움을 요청하는 것만 같아 무척 안쓰러웠습니다.

\\\

혼자 아무것도 없는 좁은 방에 하루 종일 있는 것도 괴로울 것 같아, 며칠이 지나고 방문을 열어두기 시작했습니다.

가장 높은 곳의 고양이가 가장 안전하다

방문을 열어두자 못난이는 슬금슬금 방을 빠져나와 다른 방으로 이동했습니다. 책상 아래 자리를 잡는 것을 보고 잠이 든 저는 다음 날 아침에 문을 열어둔 것을 크게 후회했습니다. 집 안어느 곳에서도 못난이가 보이지 않았기 때문입니다. 집 밖으로 나갔을 리는 없으니 분명히 집 안 어디엔가 있을 텐데, 아무리 둘러보아도 좀처럼 찾을 수 없었습니다. 가구 사이의 틈이며 세탁기 안, 이불 안쪽까지 샅샅이 뒤지고도 못난이를 찾지 못한 저는 기막힌 심정이 되고 말았죠. 그러나 고개를 돌리다보니 생각지도 못한 곳에 못난이가 있었습니다. 책장 위에 올라가 있던 것입니다. 책장을 암벽 타듯 올라갔을 것 같지는 않고, 추측하자면 책장 근처에 있던 캣 타워를 발판 삼아 건너간 모양이었는데, 책장과 캣 타워의 거리는 꽤 멀었기 때문에 평소에 꼬맹이도 올라가지 않는 곳이었죠. 아픈 몸으로 그 거리를 건너뛰었다니, 딴에는 큰 결단을 내린 모험이었을 것입니다. 그래도 집 안에서 가장 높은 그곳이 가장 안전한 장소라고 판단했기에 강행했을 테죠. 얼마나 필사적인 심정이었을까 생각하니 할 말이 없어서, 그대로 둘 수밖에 없었습니다.

그때부터 밥과 물을 책장 위에 올려주기 시작했습니다. 맨 처음 제가 의자를 놓고 책장 위로 머리를 쑥 내밀었을 때 못난이가 흠칫 놀라던 모습이 기억납니다. '안전한 곳인 줄 알았는데 인간이 올라올 수 있다니!' 하는 심정이었을 것입니다. 그래서 그곳마저 불편하게 느낄까 봐 밥과 물만 주고 잽싸게 내려와 다시 모르는 척하며 지냈답니다. 그리고 화장실엔 오가야 할 테니, 오르내리기 쉽게 캣 타워를 아예 책장 옆에 붙여두었습니다. 못난이는 온종일 책장 위에 있다가 해가 지고 제가 조용해진다 싶으면 내려와서 화장실에 갔습니다. 하루 종일 소변을 참은 바람에 한 번 볼일을 볼 때면 엄청나게 많이 누었죠. 거실 불이 켜져 있는 한 절대로 움직이려 들지 않았기에, 해가 지면 일단 집 안의 불을 다 끄고 태수와 꼬맹이를 양쪽 옆구리에 끼고 누워 있었습니다. 그렇게 숨죽여 있다 보면 못난이가 슬금슬금 내려와 용변을 보고, 다시 얼른 책장 위로 올라가는 생활이 계속되었습니다. 다행히 못난이도 계속 책장 위로 오르내리는 건 아무래도 불편했는지 책상 아래로 자리를 옮겼습니다. 그리고…… 다시는 책장 위엔 올라가지 않더라고요.

그러나 이제 바통을 넘겨받아 꼬맹이가 책장 위로 올라가기 시작했습니다. 꼬맹이는 못난이가 오기 전에는 캣 타워의 맨 위 칸에도 올라가지 않던 녀석입니다. 늘 창가 높이 정도에만 자리를 잡아 밖을 내다보는 정도였는데, 못난이가 책장 위로 오르내리는 것을 보니 자기도 질 수 없다고 생각한 모양입니다. 언젠가 TV에서 본 다큐멘터리에서 사파리에 사는 사자와 호랑이 무리가 서로 높은 바위를 차지하기 위해 다투던데, 고양이들 사이에서도 높은 자리를 차지하는 것에 어떤 특별한 의미가 있는 모양이구나, 하고 짐작할 뿐입니다.

재수술을 받다

바람이 많이 불고 스산한 밤이었습니다. 방바닥에 핏자국이 보였습니다. 아무래도 못난이의 수술 부위에서 흐른 피 같았 습니다. 24시간 문을 여는 병원에 데려가려고 했으나 못난이 를 잡을 수가 없었습니다. 캣닢을 뿌려보았으나 '두 번은 속지 않는다!'는 듯 아예 거들떠도 보지 않더라고요. '내가 이쪽으로 못난이를 몰면 저기에 숨을 테니까, 그때 이렇게 잡으면 되겠 지!'라는 식으로 나름대로 치밀한(?) 동선을 짜서 수차례 시도 했으나, 못난이는 '고양이를 얕잡아 봐도 유분수지!'라는 듯이 빠져나가기 바빴습니다. 결국 못난이를 구조했던 캣맘에게 도 움 요청을 해서 오밤중에 그분이 달려와주었는데요. 둘이 열 심히 잡으려 해도 결국 잡히지 않았습니다. 결국 그 밤은 못난 이를 잡는 데엔 실패하고 말았습니다. 날이 밝으면 병원에 연 락하기로 하고 일단 그분이 집으로 돌아간 후에 시계를 보니 새벽 4시가 훌쩍 넘어 있었습니다.

내내 정신이 없다가 불을 끄고 누우니 그제야 '아까는 너무 무서웠다'는 생각이 밀려왔습니다. 다른 방에서 웅크리고 있는 못난이도 같은 생각을 하고 있으려나 싶더군요. 어쨌거나 혼자였다면 더 난감하고 무서웠을 텐데, 기꺼이 달려와준 분이 있어서 고마웠습니다. 그런 일을 혼자 겪지 않아도 되어서 다행이라고 생각한 밤이었습니다.

'혼자 겪지 않아도 된다'는 감정은 이전에도 여러 번 느낀 고마운 감정입니다. 세상을 뜬 튼튼이의 사체를 다른 분과 함께 수습할 때도 그랬고요. 산책로의 고양이들에게 밥을 줄 때도 그랬습니다. 고양이들을 돌보는 분들이 하나둘 늘면서, 나중엔 제가 일이 바쁘거나 출장을 가야 해서 하루쯤 밥 주는 걸 거르게 되어도 안심할 수 있었기 때문입니다. 분명히 다른 분이 빈 그릇을 발견하곤 사료를 채워줄 거란 믿음이 있었으니까요.

우여곡절 끝에, 못난이는 결국 재수술을 받았습니다. 불행중 다행으로 첫 수술에 비해 재수술은 금방 끝났습니다. 병원에서 돌아와 케이지의 문을 열어두자, 못난이는 맨 처음 집에 왔을 때처럼 숨숨집에 들어가 누웠습니다.

\\\

'그곳이 안전하긴 하다고 생각하는가 보구나.'

어쩐지 뭉클하면서도 안쓰러운 마음이 되고 말았습니다.

너를 싫어해

재수술을 마치고 다시 혼자 방에 갇힌 못난이는 전보다 더 소심해진 듯 보였습니다. 어째서 이렇게 괴로워야 하는지, 좁은 방에 혼자 있어야 하는지 도무지 이해할 수 없었을 것입니다. 그러나 가구 위나 창틀, 캣 타워 등 이곳저곳을 오르내리다가 또다시 실밥이 터지는 것만은 막아야 했기에 당분간 어쩔 수 없이 혼자 두는 쪽을 택했습니다.

틈틈이 문을 열어 들여다보면 못난이는 숨숨집 맨 안쪽에 웅크리고 잠을 자다가, 문 여는 소리에 눈을 떠서 저를 바라보곤 했습니다. 화장실을 치우고 밥과 물을 갈아주는 동안 계속 경계하다가, 제가 나가면 잠시 후에 일어나 슬며시 밖으로 나와 밥을 먹곤 했습니다. 저는 문을 아주 조금 열어놓고 그 틈으로 관찰하곤 했는데, 그러고 있으면 태수가 몹시 못마땅한 기색을 숨기지 않았답니다.

\\\

방에 들어갈 때면 저는 못난이를 보며 '춘식아~ 춘식아~' 하고 거듭 불러보곤 했습니다. 못난이를 아끼던 캣맘이 부르던 이름이니, '춘식이'란 말에 친근감을 느끼지 않을까, 적어도 나쁜 뜻이 있는 말은 아니라고 생각하지 않을까 싶었기 때문입니다.

시간이 흘러 실밥을 푸는 날이 되었습니다. 이날은 캣맘의 도움 없이 저 혼자 못난이를 케이지에 넣어보기로 했습니다. 우여곡절 끝에 손을 물리긴 했지만 고무장갑과 면장갑을 겹쳐서 낀 덕에 상처는 나지 않았습니다.

실밥을 풀고 돌아온 못난이는 더욱 의기소침해져서, 그날은 밥도 많이 먹지 않았습니다. 그리고 몇 번이나 자기를 억지로 잡아서 이상한 곳에 데려가 괴롭힌 저를 더욱 싫어하게 된 모양이었습니다. 제 입장에서 보면 억울한 면이 있지만, 고양이의 입장에서 보면 너무나 당연한 일이니 별수 없었습니다.

방 밖으로

못난이의 상처도 다 아물었고, 이제 그 좁고 답답한 방에서 나올 때가 된 듯 보였습니다. 방문을 열어두고 모른 체하고 있으니 못난이가 눈치를 보며 슬금슬금 방 밖으로 나오더군요. 못난이는 작업방 쪽으로 빠르게 움직이더니 미리 비워둔 책장 구석 빈칸으로 들어가 자리를 잡았습니다. 예전에 꼬맹이를 데려왔을 때 책장 맨 아래 칸에 숨던 것이 생각나 미리 비워둔 것인데, 못난이도 역시나 그 자리가 마음에 든 모양입니다. 방에 있던 행거들도 드디어 제자리인 옷방으로 옮길 수 있었습니다.

그날 밤 못난이는 밤새 서럽게 울었습니다. 일단 방 밖으로 나오긴 했지만 이제 뭘 어떻게 해야 하는지 알 수 없었기 때문이었을까요? 아니면 동족인 꼬맹이에게 자기를 봐달라고 요청한 것이었을까요? 계속 우는 못난이 때문에 저는 한숨도 자지 못했습니다. 그러나 꼬맹이와 태수는 어찌나 쿨쿨 잘도 자던지요. 낯선 동물이 집에 와서 밤새 울어대는데 둘 다 신경도 쓰지 않는다니, 정말 대단한 녀석들이었습니다. 태수야 워낙 무던한 개여서 그렇다 쳐도, 꼬맹이까지 이렇다니요.

그러나 돌이켜보면 꼬맹이는 뽕나무 구역에서 살 때도 다른 침입자들은 내쫓았지만, 몸이 아픈 채로 나타나 눌러앉은 튼튼이는 그냥 두는 것도 모자라 자기 은신처까지 내주었지요. 아마도 못난이가 아픈 것을 보고 약한 개체라 생각해서 너그럽게 대하는가 보다 추측할 뿐이었습니다. 그러나 경계를 안 해도 너무 안 해서, 심지어 이런 일도 있었습니다. 화장실에 가려던 못난이가 방문턱에 앉아 있는 꼬맹이를 보고 지레 놀라 '하악질'을 했는데, 꼬맹이는 놀라지도 대응하지도 않고 '쟤가 왜 저러나' 하는 눈으로 빤히 보고 있기만 하더라고요. 결국 제가 꼬맹이를 안아서 다른 곳으로 옮겨준 후에야 못난이는 화장실에 갈 수 있었습니다.

매일이 특종

못난이에게 준 숨숨집에는 방석이 깔려 있었지만, 그동안 못
난이가 방석 위에 제대로 앉은 적이 별로 없었습니다. 숨숨집
맨 안쪽에 자리 잡느라 방석을 밀어내고 딱딱한 플라스틱 바
닥에 앉았던 것이죠. 그러나 어느 날, 드디어 못난이가 방석 위
에 제대로 앉기 시작했습니다. 심지어 앞다리를 쭉 뻗고요. 그
동안 만날 웅크리고 있는 것만 보다가 앞다리라도 편히 둔 것
을 보니 얼마나 기쁘던지요. 그 이틀 후에는 드디어 네다리를
쭉 뻗고 눕기도 했는데, 그날은 폭죽이라도 터뜨리고 싶은 심
정이었습니다.

그 무렵의 제 일기와 SNS에는 이런 기록이 많습니다.

[속보] 못난이, 처음으로 네다리 쭉 뻗고 누워

-엄청나게 뿌듯. 그 와중에 롱다리.

\\\

[속보] 못난이, 꼬맹이 전용 스크래처 습격

-꼬맹이가 자리 비운 틈을 타 '드득드득'

-스크래처, 전에 없이 '흔들'……꼬맹이와 체격 차 실감.

-사람과 눈 마주치자 줄행랑. 아직 눈치 봐.

[속보] 못난이, 불 꺼진 거실로 나와 개 밥그릇 습격

-처음 아닌 듯 자연스레 직행, 어둠 속에서 한 그릇 뚝딱.

[속보] 못난이, 거실로 나와 사람과 마주 봄

-엄청난 발전. 그동안은 방을 나오려다가도 사람이 있으면 되돌아가.

[속보] 못난이, 화장실 모래 깔끔하게 덮기 시작

-포클레인처럼 덮어대지 않아도 된다는 것을 파악한 모양.

-"이젠 적당히 덮을 줄 알아요."

그러고 있자니 어느 날 문득 눈치챌 수 있었습니다.

'아, 못난이랑 지내고 있으니 매일이 특종이구나.'

그 후로도 특종은 계속 기록되고 있습니다. 못난이가 처음

으로 밝은 오전부터 활동을 시작한 일, 처음으로 가구에 얼굴을 비비며 자기 냄새를 묻힌 일, 제가 있는 방에 들어와서 둘러보고 나간 일, 절단한 꼬리 부위의 신경이 살아났는지 처음으로 실룩거린 일, 못난이가 누워 있는 틈을 타서 발을 잠깐 만져본 일 등입니다. 못난이 덕에 '매일이 특종'이 되는 셈입니다.

\\\

장군이와 살 것을 선언합니다

SNS에 못난이의 가족을 찾는다는 글을 계속 올리고 있었지만, 공유는 많이 되어도 막상 가족이 되고 싶다는 분의 문의는 한 번도 들어오지 않았습니다. 열 살 전후의 고양이가 가족을 찾는 것은 아무래도 어려운 일이었습니다.

'어쩐지 이렇게 될 것 같더라니……'

좋아하는 건지 아닌지 모를 이런 생각을 하며, 저는 못난이를 거두기로 결정했습니다. 어차피 저희 집에서도 이제 겨우 조금씩 적응하고 있는데 다른 집에 가면 너무 힘들 것 같았고, 또 밤마다 너무 우는 것도 마음에 걸렸죠. 저는 오랫동안 못난이를 보아왔고 애정이 있는 입장이라 참을 수 있지만, 그런 과정 없이 바로 함께 사는 이들이면 아무래도 곤란할 것 같았습니다. 이러니저러니 해도 이 고양이의 노년이 편안하기를 가장 많이 바라는 사람은 저인 것 같아, 못난이를 거두기로 했습니다. 무엇보다, 태수와 꼬맹이와도 큰 탈 없이 잘 지낼 수 있다는 것도 증명되었고요.

가족이 되기로 결정하자 '못난이'라고 그만 불러야겠다는 생각도 들었습니다. 다른 분들이 붙여준 '춘식이'나 '흑코' 같은 이름도 고려했지만, 이왕이면 고생하던 길고양이 시절의 이름 대신 새로운 이름을 주고 싶더라고요. 고민하다가 '장군'이라고 부르기로 했는데요. 일단 장군처럼 체격이 크고, 엄마 잃은 어린 고양이들을 장군처럼 지켜주기도 했고요. 한편으로 앞으로는 태수와 꼬맹이를 장군처럼 지켜주면 좋겠다는 바람을 담아 그렇게 정했습니다.

그리고 참으로 신기하게도, '앞으로 장군이와 함께 살기로 했습니다'라고 SNS에 올린 그날 밤, 장군이는 울지 않고 조용히 밤을 보냈습니다. 모든 것을 아는 것처럼 말입니다.

\\\

꼬맹이의 도발

자기가 정식 가족이 되었다는 사실을 알기라도 하는 것처럼, 장군이는 점점 활동 시간과 반경을 늘려가고 있었습니다. 매일 해가 진 후에, 제가 눈앞에서 보이지 않아야 숨숨집에서 나오던 장군이는, 언젠가부터 시간을 가리지 않고 나와서 돌아다니곤 했답니다. 집 안 곳곳의 가구에 얼굴을 비비며 자신의 냄새를 묻혀보기도 하고, 스크래처에 발톱을 갈아보기도 하면서요. 심지어 제가 있다는 걸 알면서도 방에 들어와서 쓱 둘러보고 나가기도 하는 등 훨씬 적극적인 태도를 보였습니다. 변화는 우르르 오더라고요.

그러자 꼬맹이의 태도도 달라지기 시작했습니다. 한없이 너그러운 것인지 철저한 무시인지 분간하기 어렵던 태도에서, 적극적으로 구박하는 자세로 바뀐 것입니다. 특히 장군이가 밥을 먹을 때면 꼬맹이는 그 앞에 가만히 앉아서 장군이가 밥 먹는 모습을 쳐다보다가 앞발을 들어 꿀밤을 때리곤 했는데요. 그럴 때면 장군이는 눈을 질끈 감으면서도 먹어야 할 밥은 끝까지 다 먹었습니다. 덩치가 그렇게 큰데도 꼬맹이에게 꼼짝 못 하는 모습을 보며 '텃세라는 게 굉장하군!' 싶은 한편 꿋꿋하게 버티며 밥을 다 먹고야 마는 장군이도 대단하다는 생각을 하곤 했습니다.

어느 날은 꼬맹이가 좋아하는 고양이 전용 골판지 소파에 장군이가 앉아 있는 광경을 보았습니다. 아마도 꼬맹이가 거기에 앉아서 쉬곤 하던 것이 부러웠던 모양이지요. 그러나 그 광경을 꼬맹이가 본다면 바로 쫓아낼 것이 분명해, 다른 방에서 아무것도 모르고 누워 있던 꼬맹이를 제 옆구리에 끼고 한참을 붙들고 있었답니다. 그러나 그런 식으로 매번 눈 가리고 아웅 할 수는 없는 노릇이었습니다. 그날 이후로 자꾸 그 소파에 앉으려는 장군이와 꼬맹이의 기싸움이 계속되어, 저는 똑같은 소파를 하나 더 사서 다른 자리에 놓아주었습니다. 다행히 꼬맹이는 새 소파를 마음에 들어 해서, 둘의 자리다툼도 끝이로구나 안심했죠.

그러나 그때부터 장군이는 그토록 넘보던 원래의 소파는 쳐다보지도 않고, 새롭게 놓아준 소파를 탐내기 시작했습니다. 자기가 보기에도 새 자리가 더 좋아 보인 모양이지요. 남의

\\\

떡이 더 커 보인다고, 세상에, 어쩌면 이렇게 인간 심리와 비슷한지 모르겠습니다.

여하간 꼬맹이는 자꾸 장군이를 때리려 하고 기세에 눌린 장군이가 도망 다니는 광경은 그후로도 계속되었는데, 지켜보고 있으면 가관이었습니다. 꼬맹이가 꿀밤을 때리려고 앞발을 들면, 장군이는 매가리 없이 그 앞에 픽 쓰러져버리곤 했기 때문입니다. '싸울 생각이 없고, 무조건 항복한다'는 듯 누워서 가만있는 장군이를 보고 꼬맹이도 그냥 자리를 뜨곤 했습니다. 때로는 누워서 가만있는 게 아니라 몸을 이리저리 뒹굴며 아양을 떨기도 했는데, 동영상으로 찍었으면 좋았을 텐데 하도 기가 막혀서 쳐다보느라 촬영하는 것도 깜박했답니다. 그 덩치로 아양을 떠는 게 얼마나 기가 차던지요!

그러나 어느 날, 장군이도 처음으로 반격이란 것을 했습니다. 꼬맹이의 도발을 참고 참다가 더 이상은 안 되겠다는 듯 주먹을 휘두른 것입니다. 그 순간 저는 몹시 긴장했는데, 덩치 큰 장군이가 마음만 먹으면 큰일이 날 것 같았기 때문입니다. 그러나 잠시 후 꼬맹이가 다시 한번 까불자, 장군이는 역시나 잽싸게 발라당 누웠습니다. 그리고 꼬맹이도 김이 샜는지 같이 누워버려서, 나란히 누워 있는 둘을 보고 저는 그제야 안도의 한숨을 쉴 수 있었습니다. 그후로도 둘이 함께 누운 광경을 자주 볼 수 있었는데, 어느 땐 둘 다 누운 채로 앞발만 뻗어서 다투기도 하고, 서로 껴안고 나름 육탄전을 벌이기도 했죠. 하지만 격렬하게 싸운 적은 없습니다. 나름대로 놀이를 하는 모양이더라고요.

한편 장군이의 '픽 쓰러지기'는 지금까지도 계속되고 있습니다. 요즘은 꼬맹이보다도 저에게 더 그러고 있는데, 제 눈치를 봐야 할 것 같으면 그렇게 드러눕는 것이지요. 방에서 우당탕탕 뭔가 쓰러지는 소리가 나서 달려가면, 장군이가 누워서 '그런 적 없다'는 듯 딴청을 부리는 식입니다. 어찌나 능청스러운지 배우를 해도 가능할 정도입니다. 아, 후다닥 누워서 딴청을 피우는 그 광경을 여러분도 보셔야 하는데요!

장군이의 울음소리

장군이는 말이 많습니다. 지금은 처음 집에 왔을 때만큼 밤새 울거나 하지 않지만, 기본적으로 말이 많은 녀석입니다. 꼬맹이도 말이 많긴 하지만 주로 저를 부를 때 우는 것이 대부분인데, 장군이는 꼬맹이를 부를 때가 아니어도 혼자 돌아다니면서 곧잘 울어댔답니다. 그것도 제가 한 번도 들어보지 못한 희한한 소리를 내면서요. 아래는 언젠가 제가 적어놓은 장군이의 울음소리입니다.

꾸룩

꺍

구르르아

으르르아

아아오

아옴

꺄끋

짐작하셨겠지만 글자로 옮기기엔 애매한 소리들이 많습니다. 장군이의 울음소리를 들으며 '어떻게 저렇게 다양한 소리를 내지?'라는 생각을 하는 한편, 저 소리들이 다 다른 의미를 가진 것인지 궁금하더라고요. 만약 그렇다면 장군이는 밖에서 살 때 친구들과 아주 풍부한 의사소통을 했던 것일까? 싶기도 했답니다. 한편 시간이 흐르면서 울음소리의 종류가 많이 줄었는데, 요즘은 대체로 아래와 같은 소리를 주로 낸답니다.

아오! 아오: 자고 일어나서 꼬맹이를 찾으러 다니며 내는 소리입니다.
까끋…… 까……끋: 꼬맹이가 잠을 자느라 자기를 쳐다보지 않을 때처럼, 뭔가 약간 불만족스러울 때 조르는 소리입니다.
응가! 응가!: 우연의 일치겠지만, 응가를 하러 가면서 잘 내는 소리입니다.

이렇게 다채로운 소리를 내는 장군이지만, 아직 장군이가 내는 것을 한 번도 듣지 못한 소리가 있는데, 그것은 골골송이랍니다. 언젠가 한 번은 꼭, 장군이가 이 집에서 기분이 좋아 골골거리는 소리를 들어보고 싶습니다.

\\\

다시 이사

간신히 그럭저럭 세 동물이 함께 사는 것에 적응해가고 있던 차에, 집주인에게서 연락이 왔습니다. 우리가 사는 건물을 부수고 그 자리에 새 건물을 짓게 되었다는 소식이었습니다. 이사한 지 채 몇 달이 되지도 않은 상황에서 청천벽력이나 다름없는 소식이었습니다. 사람인 저야 한 번 더 수고로움을 감수한다고 쳐도, 이제 겨우 새집에 적응하고 있는 이 녀석들을 데리고 또다시 이사를 해야 한다는 사실에 머리가 아프더라고요. 그러나 제가 어떻게 할 수 없는 일이었기에 새집을 구할 수밖에 없었습니다. 억울한 면이 있었지만 보증금을 수월히 받으려면 집주인이 정한 기간에 이사를 해야 했고, 그래서 정해진 날짜에 이사할 수 있는 집을 찾느라 애를 많이 먹었답니다. 그러나 천만다행으로, 결과적으로는 이전에 살던 집보다 더 나은 환경의 집을 구해 이사할 수 있었습니다.

이사하고 처음 맞이한 밤, 왼쪽 옆구리엔 태수를, 오른쪽 옆구리엔 꼬맹이를 끼고 누워서 잠을 청할 때였습니다. 어딘가에 숨어 있던 장군이가 나타나 다가왔습니다.

'낯선 환경이라 혼자 있기는 무서웠나 보다.'

생각했던 것도 잠시, 장군이가 이불 위로 제 다리를 밟아가며 저를 건너가는 것이 아닌가요? 과감해진 적극성에 깜짝 놀라고 있는데, 그렇게 저를 건너 다른 쪽으로 간 장군이는 이윽고 제 발밑에 자리를 잡고 잠을 청했습니다. 그나마 제 옆이 가장 안전하다고 생각한 모양이었습니다. 너무 감격스러웠지만, 그렇다고 사진을 찍거나 더 자세히 보려고 몸을 뒤척이면 다시 일어나 다른 곳으로 갈까 봐 그냥 눈을 감았습니다.

그리고 어찌 된 일인지 고양이 두 녀석 모두 이사 온 집에 적응을 잘해주어서, 지금까지 큰 탈 없이 지내고 있답니다.

\\\

행복해야지

장군이와 함께 살면서 제가 가장 자주 한 행동은 아마도 '모르는 척'일 것입니다. 일단 제가 자기를 쳐다본다 싶으면 긴장하거나 후다닥 달아나기 때문에, 보고도 못 본 척하는 경우가 많습니다. 또 장군이의 앞에서는 최대한 천천히 움직여야 합니다. 제가 빠르게 움직이면 역시 긴장하기 때문이죠. 어딘가에 자리를 잡고 누워 있다가도 제가 일어나서 움직이기 시작하면 장군이도 따라 일어나 움직입니다. 저와 최소 1미터 정도의 거리를 유지해야 하기 때문입니다. 이 방에서 저 방으로 갈 뿐인데 저와의 거리를 유지하기 위해 빙글빙글 돌면서 자리를 옮기는 장군이를 보고 있으면 어이가 없습니다. 보고도 못본 척하며 느릿느릿 움직이다가 고개를 돌려 쳐다보면 바로 움찔하는 장군이를 보면 기가 막혀서 한마디씩 하게 된답니다.

"장군아, 누나가 아직도 무서워? 뭐가 그렇게 무서워? 맨날 밥 주고 맛있는 것 주고, 어? 같이 산 지가 얼마나 됐는데 아직도 무서워? 이만하면 이제 '아, 저 사람은 괜찮구나. 적어도 나를 괴롭히진 않겠구나' 하고 알아야지. 뭐가 그렇게 무서워서 아직도 깜짝깜짝 놀라?"

그렇게 타박하다 보면 또 이런 말을 하게 되어요.

"장군아, 그래서 살 만해? 여기서 지낼 만해? 밖에 있을 때보다 나아?"
"장군아, 행복해라. 알았지? 이왕이면 행복해야지. 그냥 살아도 되는데, 이왕이면 행복하게 사는 게 좋지."

장군이에게 그런 말을 하다 보면 어느새 저를 되돌아보게 됩니다. '나는 어떻게 살고 있을까?'라는 생각이 들기 때문입니다. 이왕이면 행복한 게 좋을 텐데, 저는 행복하려고 하고 있는 걸까요? 아무래도 자신이 없습니다.

어쨌든 이런 장군이도 제 옆에 가까이 올 때가 있긴 합니다. 맛있는 냄새를 풍길 때입니다. 특히 고양이 간식 캔을 따면 다짜고짜 옆에 와서 저를 올려다보죠. 태수에게 밥을 먹일 때도 마찬가지입니다. 열심히 밥을 먹이다가 고개를 돌리면 바로 옆에 와서 상황을 주시하고 있습니다.

\\\

요즘은 태수에게 지병이 생겨 아침저녁으로 약을 먹이고 있는데, 쓴 가루약을 물에 개어 먹이느라 개와 저 둘 다 고생 중이랍니다. 장군이는 그럴 때조차 옆에 와서 부러운 듯 쳐다보고 있습니다. 비록 입에 쓴 약이긴 하지만 뭔가를 먹고 있기는 하니까요. 그럴 때면 웃을 수도 울 수도 없는 심정이 되고 맙니다.

"약 먹는 게 좋은 게 아니야, 이 녀석아!"

그러고 보니 장군이가 처음으로 저를 소리 내어 부른 것도 태수에게 약을 먹일 때였네요. 좋은 것을 먹이는 줄 알고 자기도 달라고 운 것이라 웃기면서도 가슴은 벅차올라 터질 것 같았답니다.

우리의 볼만한 미래

오래전, 제 미래를 떠올렸을 때, 개 한 마리, 고양이 두 마리와 함께 사는 모습을 그려본 적이 없습니다. 그저 개 한 마리와 함께 살다가 어느 순간 개를 먼저 보낸 후엔 혼자 지내는 모습을 상상했을 뿐입니다. 그러다가 꼬맹이를 데려온 후에도 고양이가 한 마리 더 들어올 거라고는 생각지도 않았습니다. 이렇게 동물을 셋이나 거두게 될 줄은, 정말이지 꿈에도 몰랐습니다.

심지어 인터넷에서 찾을 수 있는 '동물 나이 계산표'에 따르면, 이 세 마리 녀석들은 사람의 나이로 환산했을 때 모두 저보다 '어르신'입니다. 저도 꽤 적지 않은 나이인데도, 졸지에 집에서 가장 젊은 존재가 된 것입니다. 쌀쌀한 날씨에 보일러를 돌려서 뜨끈해진 방바닥에 세 어르신이 드러누워 몸을 지지고 있는 광경을 보고 있으면 '어이구, 어르신들!' 하는 소리가 절로 나옵니다. 이런 저희 집을 '경로당'이라고 부르는 친구도 있답니다.

이 글을 쓰고 있는 지금도 저희 개 태수는 '개모차'를 타고 산책을 다녀와 자고 있습니다. 꼬맹이는 책장 위에 올라가 엎드려 자고 있고요. 장군이는 숨숨집에 들어가 자는 중입니다. 한마디로 저 빼고 모두 취침 중이란 말인데, 하루의 대부분이 이렇습니다. 음악이나 TV를 켜놓지 않으면 가끔 누군가 코 고는 소리 정도나 들리는 조용한 시간이 대부분이랍니다. 그러다가 가끔 일어나서 밥도 먹고, 장난도 치고, 창밖을 내다보거나 산책을 하는 것이죠.

물론 언제나 이렇게 평화로운 광경인 것은 아닙니다. 한밤중에 장군이가 우는 소리에 깨서 일어났는데 꼬맹이가 오줌을 누어 치우고 났더니 태수가 간식을 요구해서 어렵게 달래고 눕자 꼬맹이가 똥도 누길래 치우러 다시 일어난 김에 태수 오줌도 뉘러 밖에 다녀오니 이번엔 장군이가 똥을 눠뒀고 그걸 치우자 태수가 기어이 간식을 먹고야 말겠다며 우겨서 간식을 내준 후에 자리에 누우면 새벽 4시인 경우도 심심찮게 있답니다.

그럼에도 언제 그랬냐는 듯이 다시 코를 골며 다 같이 자는 녀석들을 보고 있으면 '적어도 이 녀석들이 맘 편히 잘 수 있는' 환경을 마련해주었다는 것에 큰 기쁨을 느낍니다.

우리가 사람으로 태어나길 원해서 태어난 게 아니듯, 개도 고양이도 그럴 것입니다. 태어나보니 개였고, 태어나보니 고양이였을 테죠. 그러고는 다짜고짜 개로서, 고양이로서 살아가야 했을 것입니다. 이 친구들이 세상을 뜨면서 '한세상 개로 살아보니 괜찮았다', '고양이로 사는 것도 괜찮았다'고 생각할 수 있으면 좋겠습니다. 그럴 수 있는 환경을 마련해줄 수 있다면 저는 오케이입니다.

태어났으니까, 이왕이면 행복할 수 있도록 말입니다.

에필로그

이 모든 여정을 함께해준
나의 개, 태수에게.

**이왕이면
행복해야지**

글·그림 도대체
펴낸이 주연선

1판 1쇄 발행 2021년 9월 3일

ISBN 979-11-6737-058-7 03810

총괄이사 이진희
책임편집 허단
표지 및 본문 디자인 스튜디오진진
마케팅 장병수 김진겸 강원모 정혜윤 유정연
관리 김두만 유효정 박초희

04035 서울특별시 마포구 양화로11길 54
전화 02)3143-0651~3 | **팩스** 02)3143-0654
신고번호 제 1997-000168호(1997. 12. 12)
www.ehbook.co.kr
lik-it@ehbook.co.kr
www.instagram.com/lik_it

잘못된 책은 바꿔드립니다.

＊ 라이킷은 ㈜은행나무출판사의 애호 생활 에세이 브랜드입니다.